INK

INK

【浴身】

藥浴藥枕DIY

目次

藥浴篇

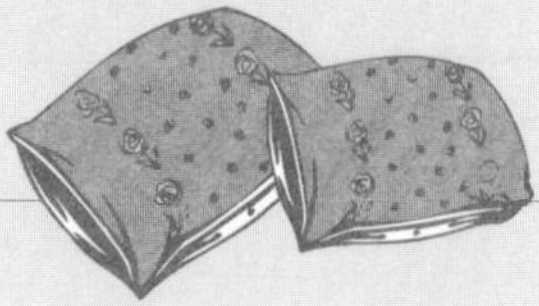

藥枕篇

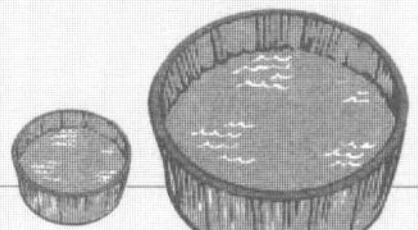

足浴篇

自序

我曾寫過一本專門教做豆腐乳、味噌、蘿蔔乾的書。當時很多人反應，這種書誰買？超級市場或小吃攤上隨時可以吃到，自己做多麻煩。我卻認為，吃過豬肉沒看過豬走路，總是有點小遺憾。

現在寫這本書的心情也一樣，藥浴歸類於傳統醫學的熨貼療法，和貼瘦痛貼藥為同一法門。藥枕則為衣冠療法，SPA如此風行，傳統藥浴又便宜又方便，何不自己動手呢？熨貼療法、衣冠療法和推拿、針灸一樣，甚至更簡單，應該有發揚光大的空間和潛力。

從斷食和動物冬眠現象，可以肯定睡比吃重要。睡是修復生長，吃是補充動能營養，這兩大要素相輔相成維護我們的健康。可惜一般人在吃上面下的工夫比睡多。所以許多人的睡眠品質每況愈下，許多長期失眠的人，不但影響健康，更影響生活和工作。

近年流行的ＳＰＡ、芳香精油按摩、泡澡等，對於改進睡眠品質，有很大的幫助。舒適的寢具也很重要。藥枕和藥浴中有許多藥材是相通的，主要的功能也是幫助改善睡眠品質，調整機體狀況，使外邪不侵，進而治病，使我們活得更健康長壽。

在實際使用的功能上細分起來，藥枕傾向慢性病及裡症，如頭痛、高血壓、內分泌、五臟六腑失調等，治癒的時間約三個月至半年以上；藥浴則傾向表症，如皮膚病、風濕、感冒、消除疲勞等，有時能收立竿見影的效果。

雖然我們到沙龍去做個按摩、洗洗ＳＰＡ很容易，但有時在時間和鈔票上都不經濟。一般寢具店也有賣綠豆枕、茶葉枕等簡單的藥枕，但類別和尺寸並不齊全。自己種或買些中藥草，無論做枕頭、藥浴都簡單、便宜又方便。何不以最經濟輕鬆的方式自己ＤＩＹ呢！

藥浴篇

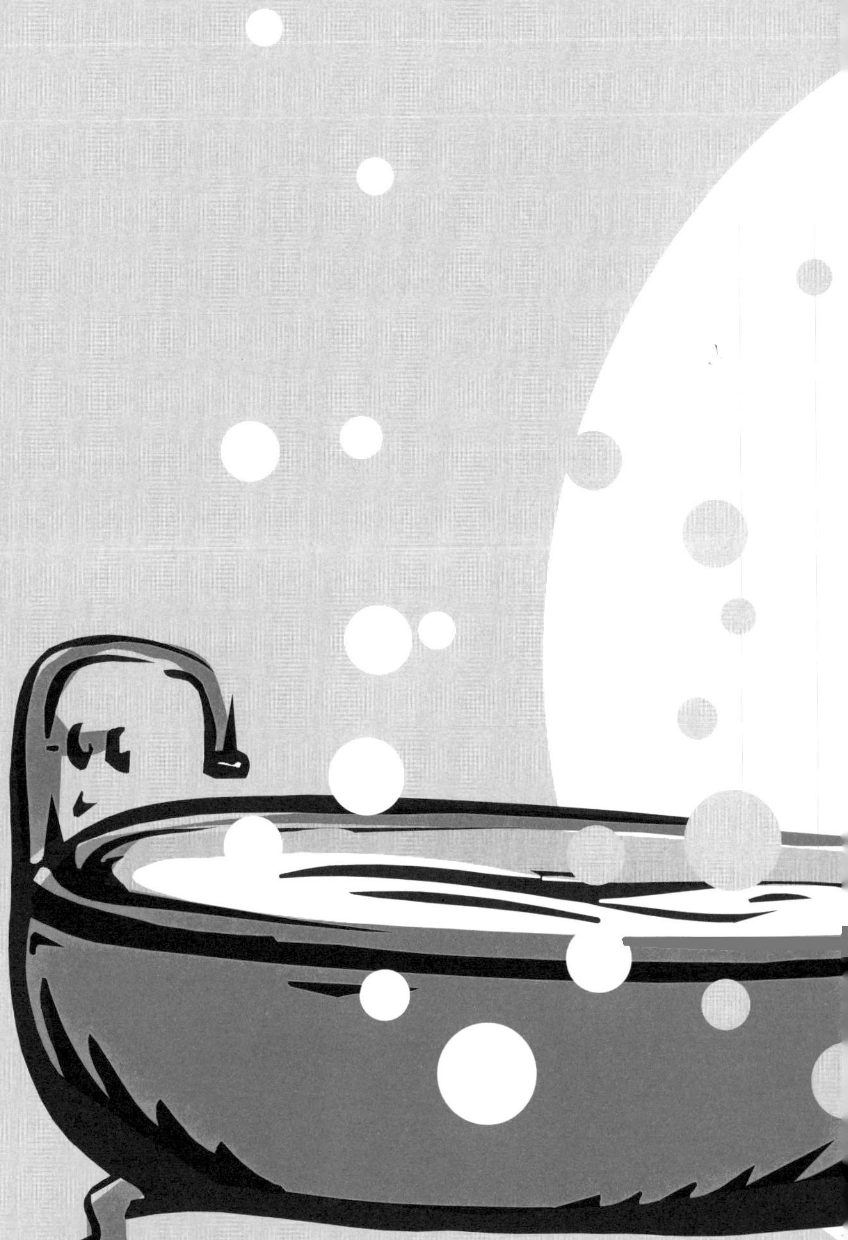

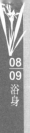

睡前泡個舒舒服服的澡

老劉睡覺打鼾，總害我夜裡失眠。有個朋友的兒子，非常頑皮，幼稚園老師給她一個撫慰過動兒的刷子，教她在兒子睡前全身刷一遍，果然白天就安靜了許多，我靈機一動，向她討來試試，每天睡前依樣畫葫蘆的刷老劉，竟然鼾聲變小也變少了。從乾刷浴做起點，開始研究泡澡藥浴，翻了許多古籍和現代經典，也身體力行親身體驗一遍，我的失眠和頭痛都好了。

想想我們白天多麼累、多麼辛苦，晚上想好好睡一覺，卻不太容易。至少我自己時常躺在床上，兩眼發直，腦子不停的圍著白天的事打轉，什麼時候朦朧入睡的也不知道；有時很淺眠，一夜驚醒好幾次。我有個朋友更離譜，為了失眠而戒賭。她說每次打完麻將，回家躺在床上，滿腦子的條、餅、萬，瞪得眼睛都麻了，還是睡不著。相信很多人有類似的經驗，或者日有所思夜有所夢，一個晚上胡夢不斷，如果在睡前泡個澡，不但可以放鬆心情，還能消除疲勞，這對工作「過勞」的現代人非常重要。

泡澡的目的，除了全身的精神放鬆、心靈放空外，還可以藉著水溫擴張毛孔，利用香氣有走竄的特性，讓藥性由皮膚及呼吸吸收到體內。不但活血化瘀、滋潤腑藏，還能使心情平靜、消除疲勞，讓身心靈都獲得修補、撫慰。

泡完澡一上床，立刻就能深深入睡，如果要繼續工作，也覺得神清氣爽、精神百倍、做事明快，大大提高工作效率，不會再有累過頭反而無法入睡，或太累影響工作的現象。這種簡單易行的享受，便宜又方便，何樂而不為呢？

平常泡澡要注意的事項也很簡單：

一、水溫約在攝氏三十八到四十度左右，可慢慢加溫。

二、時間在十五分鐘左右，不可超過半小時。

三、開始坐在浴盆中泡半身，再漸漸躺下，前胸不要浸入水中。

紅糖牛奶浴

使皮膚白皙細嫩

自己帶過小孩，都會為孩子奶不喝完、剩下來而煩惱。其實我並不堅持照書上所說，多大的時候該喝多少奶，小孩子自己會調節，有時多有時少。

但是剩下來的牛奶，丟掉實在可惜，留到下一頓餵又怕不新鮮，的確令人煩惱。我有個朋友，每次拿小孩喝剩的牛奶洗臉，把自己變得白白嫩嫩的；不像很多媽媽帶孩子帶得頭昏腦脹，面黃肌瘦。

牛奶一向被視為高級營養產品，貴族仕女用來洗澡洗臉的人也不少。據說埃及豔后每天用來洗澡的牛奶，都是用專車送達宮廷。

牛奶雖然能使皮膚白皙細嫩，但只是表面而已。

要使皮膚光滑細嫩，無紋無斑，並非純牛奶即可，還要加少許紅糖（台語稱黑糖）。紅糖是製造過程中剩下來、含雜質較多的糖，雖然雜質多，色深褐，略帶苦味，卻比白糖有營養，平常喝少許紅糖還有補血的作用。

紅糖清潔皮膚的效果也很好，因為紅糖裡有二氧化

硫，是最好的天然殺菌消毒劑。

牛奶能使皮膚變白，也能滋潤表面肌膚，紅糖殺菌，可治各種皮膚癬疥，對於黴菌引起的皮膚乾裂、角質化，身上小皮膚脫落或腳底板角質層厚，有治本的效果。牛奶和紅糖相輔相成，使你的皮膚看起來年輕十歲。

紅糖牛奶浴

❶奶粉一磅，紅糖一斤。

❷將奶粉及紅糖沖勻後倒入浴盆中。

❸加熱水至浴湯溫度。

❹泡澡十分鐘即可。

❺泡澡後用溫水清洗，將紅糖牛奶沖乾淨。

注：若要細嫩肌膚，

每天早起空腹吃一粒桃花嬌面，

一個星期就可以看出效果。

藿香浴

最方便便宜的養生浴

台灣本土草藥中的倒手香稱之為藥王，日常生活中的任何小毛病都可用到倒手香，中暑、頭痛、感冒、腹瀉、肚子痛……摘兩三片倒手香葉子，泡在熱水中溫熱的喝下去，一會兒就好了；擦傷、燒燙傷、蚊蟲咬傷，只要取倒手香的汁葉塗在患處，止血止痛又生肌，效果神速。在西方的芳香精油中，倒手香的用途也非常廣泛，這藥草在東西方都得到肯定。

我常常胃不舒服，家中時時備有藿香正氣散，中醫認為藿香的香為正香，驅除腸胃中的穢氣非常有效。然而我用了數十年，卻一直不知道藿香俗名倒手香，難怪倒手香有藥王的美譽。

倒手香是芬多精含量很高的植物，家中多插幾瓶倒手香，就和森林浴的效果一樣。友人介紹我買檜木浴盆來泡澡，檜木也含大量的芬多精，可消除疲勞，對於忙碌又置身於污染的塵囂中的現代人而言，是很好的養生保健用品。我建議他，何必買那麼貴的檜木浴盆，用倒手香泡澡，又便宜又方便。

藿香浴除了可以美白肌膚、消除疲勞，也適用於中暑或腹瀉患者。藿香含大量芬多精，還有廣霍香醇的揮發精油。泡澡可藉熱水溶解釋放出來，由呼吸及皮膚吸收，抗感冒濾過性病毒，也能殺死螺旋菌和真菌，對於各種皮膚癬病也有效。我幾乎建議每個朋友，在家裡種一些倒手香，常享受芬多精，不舒服的時候，摘些來泡茶、泡澡。

花市有售倒手香，一盆一百多元，如果你有心栽種，三個月到半年之間，就可以增生三、五倍出來，尤其春夏季插枝繁殖最快。

藿香浴

❶ 藿香葉片約二、三十片，連梗更好。

❷ 將葉片及梗用手略揉捏後放入浴盆中。

❸ 先放熱水，將浴室內門窗關閉，以免香氣外洩。

❹ 適溫時入盆中浸泡，十五至三十分鐘即可。

❺ 沐浴後一定要擦乾身上水分，並避免受寒。

注：藿香的葉片肥厚而脆，用手一折即斷裂。

迷迭香浴

舒緩過累的肌肉

我常會忍不住在外面亂吃亂喝暴飲暴食，腸胃的狀況很差，只是我會調養，也準備了很多健胃整腸的藥草（多幾種草藥輪替，免得只吃一種太久了會有抗藥性），有一點不對勁就趕快保健。

有一回在一家香精油店中，胃悶悶的痛，老闆滴幾滴迷迭

香精油在熱水裡給我喝，喝玩排了氣、打兩個嗝，胃就舒服了。後來在市場賣花草茶的攤子，看到迷迭香茶，就買了一些回來，胃不舒服的時候泡茶喝。

其實在迷迭香一般常用的功能中，似乎沒有健胃整腸這一項，反而是一種很好的沐浴、足浴材料。

迷迭香能強壯心臟及肝臟，它的香味能迅速而有效的舒緩過勞的肌肉，而達到放鬆心情的目的。

有時候過完忙碌緊張的一天，心中還會掛念著沒解決沒完成的事情，嚴重時思慮過度造成失眠、頭痛或偏頭痛。這時可以用迷迭香泡個熱水澡，舒舒服服的躺在浴缸中，把心情放空，把一天下來發生的事做整體而有系統的思考整理，想完後，心中無牽掛、無煩惱的入睡，第二天才有清醒冷靜的頭腦，把該放下的事情丟開，該做的事快快完成。

迷迭香泡澡後還能治療風濕痛、關節炎，它的功效是由外而內的，先讓身體肌肉放鬆，改變心情，而達到幫助思考、振奮精神、消除疲勞的目的。

迷迭香浴

❶ 迷迭香四兩，先在水中煮沸。

❷ 將迷迭香濾出，湯水倒入浴缸中。

❸ 放溫水混合，將水溫調至身體可忍受的溫度。

❹ 放鬆心情入浴，半小時至一小時即可。

❺ 浴罷不必再沖洗，擦乾身體即可。

桑葉浴

柔嫩肌膚治感冒

廣東涼茶酸且極苦，難以入口，若不是夏天中暑火氣大、流鼻血、長癤子時當藥喝，平常誰也不願意喝廣東涼茶。

兩廣沿海潮濕炎熱，夏天很容易中暑上火，所以一到夏天，兩廣一帶的人民就用桑葉加薄荷煲「桑荷飲」來喝，預防中暑，免得中暑了就得喝廣東涼茶。

桑樹為落葉喬木，高可達數丈，種類繁多，有女桑、桋桑、檿桑、子桑、白桑、雞桑等數種。台灣野生的多為雞桑，葉薄子小。

我有個朋友在岡山桑園種的是子桑，每年春天先結子後生葉，結的桑椹有小拇指大，又黑又甜。每次釀桑椹酒，不用爬到樹上去採，撿拾掉落地上的桑椹就足夠了。

以前只知道用帶露水的桑葉，陰乾後煮水洗眼睛，可使眼睛明亮。後來在書中看到桑葉含多種胺基酸、維他命及植物雌激素，能養肝明目。除此之外，皮膚粗糙的人還可以用桑葉來泡澡，桑葉有護膚不脫脂功能，像洗髮後用潤絲精一樣，使皮膚逐漸變得細嫩。

由於桑葉解表不傷裡，我現在感冒時也改用桑葉來泡澡，以前感冒就喝一碗蔥花胡椒醋加熱湯，吃完蓋著被子發汗，總要很小心，換衣服時萬一再受風著涼，病毒由表入裡，反而變得更重。現在只要泡個桑葉浴，洗淨擦乾後好好睡一覺，夜裡不出虛汗，感冒好得快，也不麻煩。

桑葉浴

❶ 桑葉一斤或乾桑葉四兩。
❷ 先放熱水，把桑葉泡在熱水中。
❸ 將浴室門窗關緊。
❹ 水溫適中時將身體浸入水中，約泡十五分鐘。
❺ 水涼了可再加熱水。
❻ 洗淨擦乾後即刻入睡。

新生兒藥浴（豬膽浴）

保養皮膚從小做起

俗話說瘌痢頭的孩子自己愛，可見以前小孩子生瘌痢頭的還真不少。在我母親那一代，孕婦要吃黃連清胎火，將來小孩才不會長瘌痢頭。小嬰兒一出生，就用黃連粉在嘴裡抹一遍，再讓他吃一點黃連，把胎毒徹底清掉。

小嬰兒生下來還沒餵奶，黃連也能吃得津津有味；喝過奶以後再給他吃黃連，就會哇哇大哭。

近年西醫認為許多東方女性懷孕時吃黃連，生下來的孩子黃疸指數高，所以我懷兩個女兒時都沒吃黃連，剛生下來也不敢給她們吃。

我兩個孩子小時候皮膚都不好，身上常起些莫名其妙的小疙瘩，有些癢，有些不癢，皮膚科醫生也說不出所以然，只是說長大會好。為了小孩的皮膚，我找了很多書，等找到方法時，小孩都已經長大了，直到大弟媳生小姪子時才派上用場。

其實方法很簡單，就是用豬膽煮水給他們洗澡。結果當年弟媳買的搽尿布疹的藥膏，直到現在都擱在一邊沒用上。姪子們上小學了，皮膚又白又嫩，不生疹子，不長痱子，沒生過任何瘡癬，全身上下可說是完美無瑕。

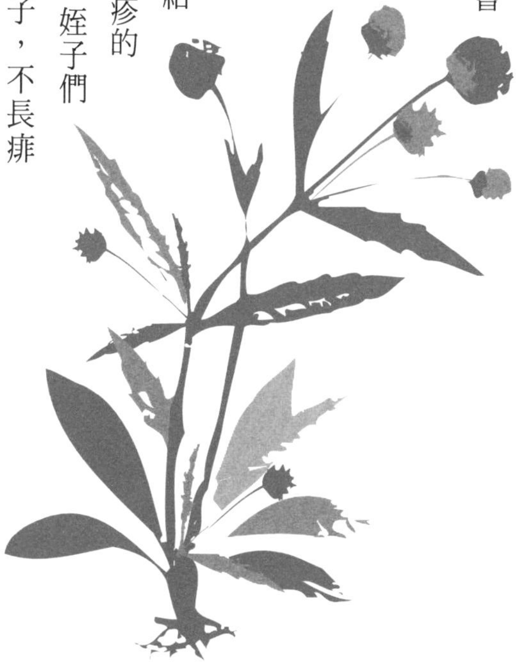

另外給小嬰兒洗澡要先洗頭，然後用洗澡水先拍拍背，再拍拍前胸。想起母親的口訣：「拍拍背不傷肺，拍拍心不傷胃……」覺得中國人實在很有一套。

新生兒藥浴（豬膽浴）

❶取三十西西豬膽汁加水煮成浴湯（豬膽可向菜市場豬肉攤訂購）。

❷水溫適當時再替小嬰兒沐浴，先洗頭再洗身體。

❸浴罷用清水洗淨，再搽嬰兒油（最好用天然苦茶油），搽完油再將身體擦乾。

柚皮浴

除濕護膚

我有個朋友，生第一胎時在美國，開完刀排氣後，護士給她一杯冰牛奶，一喝立刻胃抽筋，痛得要命。

第二胎回台灣生，在婆家坐月子。滿月時她婆婆弄了一大堆柚子皮煮水，水滾了倒在浴缸裡，然後把她關進浴室，坐在浴缸旁邊烤三溫暖，水溫涼一點就叫她入浴，燙得她七葷八素，足足耗了三、四個鐘頭。

但因為是婆婆的規定，只能氣惱在心中敢怒不敢言。

事隔二十年，孩子大了，她也進入更年期，平常更年期的姊妹淘們聚在一起整天唉呀唉的，只有她從來不唉，不腰痠背痛、肩也不硬、皮膚仍然細滑柔嫩。大家結論認定她是月子坐得好，她也不否認，她說那次小女兒滿月洗了一個柚子皮浴，累掉半條命，不過好好睡了一覺，第二天反而精神百倍。

那次的經驗讓她覺得柚子皮泡澡滿不錯的，所以每次月經過後第二、三天，她就用柚子皮泡一次澡。

婦人生產或月經期間吹了風、受了濕，積在體內沒有及時排出，日久成疾，尤其到了更年期，什麼毛病都來了。柚子皮可以除濕祛風，用柚子皮泡澡，流些汗，可以把濕氣排出來。又因柚子皮含精油及香氣，

香氣走竄舒活筋絡，精油滋潤肌膚，所以柚子皮泡澡不但可預防筋骨腰肩痠痛，還可以讓肌膚細滑柔嫩。邁入中年，就該先做更年期前的功課，每次月經乾淨後就用柚子皮泡澡，給體內來個大除濕。

柚皮浴

❶柚子皮三個，放清水中煮滾倒入浴缸。

❷放水至適溫適量再入浴。

❸約可泡十五至二十分鐘，因為不刺激皮膚，泡澡時間不需要特別限制。

注：中秋吃柚子，可把皮曬乾留起來。

米糠浴

夏季治療皮膚病的萬能藥

小時候最常見的枕芯就是米糠、綠豆殼和茶葉。直到現在，綠豆殼和茶葉枕仍然可以在寢具店買到；而米糠枕一向都是農家自己做來用，市面上幾乎沒有販售。

以成分而言，米糠枕的功能和蕎麥枕差不多，但米糠有療效的部分在米糠油，以體溫慢慢的釋出米糠油，再吸收到體內治病，效果太慢不明顯；不如米糠浴以高溫釋出米糠油，可以直接改善皮膚，效果快又明顯。

米糠浴是夏季皮膚保健的良方。一般而言，夏天是皮膚毛病最多的季節，出汗、出油、紫外線灼傷、空氣污染使皮膚沾黏塵埃，都易孳生細菌，造成濕疹、皮膚炎、皮膚癢、痱子等，米糠浴對於上述病症都有治療效果。另外有一種不明原因的皮膚病牛皮癬和銀屑癬，原先認為有些是來自遺傳，有些是食物過敏，也可以用米糠浴來治療。

台灣盛產水稻，米糠的取得應該不是很困難，如果是住在都市裡，可以委託雜糧行的老闆代為訂購，或者向有種田的親友要一些，中南部的水稻一年收成三次，幾乎一年四季都有米糠。

米糠浴

❶稻糠兩斤，在清水中煮沸後，小火熬汁一小時。

❷熬出米糠汁倒入浴缸中。

❸加適量的水，水溫不要太高，約攝氏三十六至三十八度較好。

❹沐浴後不必再用清水沖洗，擦乾身體即可。

米糠浴

茉莉香茶浴

潤膚除狐臭

天氣一熱，狐臭實在惱人，雖然大家心知肚明，都沒有明說，但有狐臭的人還不少，而且似乎有越來越多的趨勢，除了遺傳，飲食也有很大關係。到了熱天飲食要清淡些，少吃大魚大肉，這樣即使有狐臭，味道也不會太重。

狐臭是因為流汗孳生細菌產生的臭味，斷根的方法目

前僅有割除腋下的汗腺。這種手術並不是每個人都願意做，尤其女孩子穿無袖衣服時，胳肢窩下有疤痕也不好看。市售的除臭止汗劑只是把臭味用香味掩蓋住，效果並不好，不但蓋不住時味道更怪，還有些香精油塗久了胳肢窩會發黑。總之，有狐臭的人用各種方法除臭，不但效果不彰，還有副作用。傳統中藥的麝香可以除狐臭，但是麝香太稀有，又貴又難買到。

除此之外，勤洗澡也是個方法，茉莉花和甘菊花及茶葉混合泡澡，可以除臭抑菌，洗後全身清爽、滋潤，第二天即使流汗，也不會孳生細菌產生狐臭。但是這並不是斷根的方法，隔個兩天沒用這些藥草泡澡又會臭。另外如果沒時間泡澡，可用上述材料煮水塗腋下，但效果略遜。

茉莉香茶浴（泡澡用）

❶甘菊花半斤，茉莉花、綠茶各四兩，放在一個布包裡煮水。

❷水煮沸後連同布包倒入浴缸，放入適溫適量的水，泡澡十五分鐘以上（這些藥草無刺激性，時間長短都可以）。

❸浴後擦乾身體即可。

茉莉香茶汁（平時除臭用）

❶甘菊花一兩，茉莉花及茶葉各半兩，用一碗水煮汁。

❷早晚及出汗時清洗腋下，或用棉花蘸汁，睡覺時夾在胳肢窩下。

注：如果每天早晚空腹吃兩粒桃花嬌面，流的汗也不會臭，可防止狐臭。

小蘇打浴

簡便的懶人運動　最便宜的美容法

在嫩精沒有發明前，母親炒牛肉時會在肉絲裡放些小蘇打粉，炒出來的牛肉又香又嫩。至今我炒牛肉還是習慣用小蘇打粉，不用嫩精。

小蘇打雖然是化學藥品，但取得方便、用途廣、沒有副作用，對我而言像天然藥草一樣好用。例如：炒蝦仁前拌一點小蘇打抓幾下，再用清水洗淨，瀝乾水分，炒出來的蝦仁顏色漂亮、口感Q。

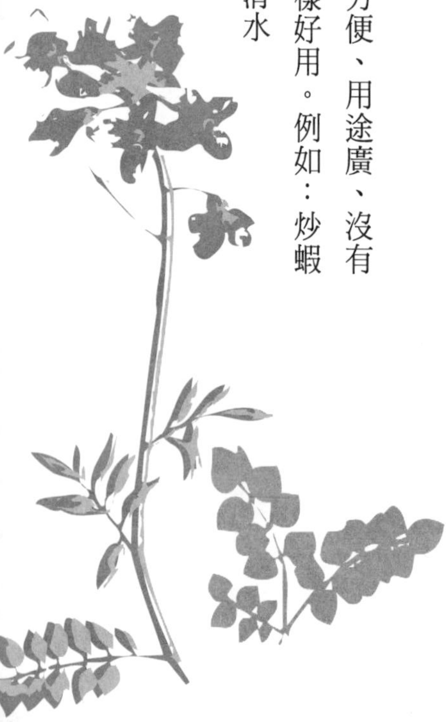

胃酸過多時吃兩片蘇打餅乾，酸水立止。這些都是小蘇打在我們日常生活中熟悉的用途。

小時候我也用過小蘇打水洗澡，夏天可預防痱子、癤子。其實小蘇打浴，不但抗菌還能美容養顏。

小蘇打在水中釋出二氧化碳，二氧化碳再溶解到水裡，泡浴時可軟化皮膚角質層，穿過毛孔深入皮膚內層，使皮膚的毛細血管擴張，促進血液循環，增強細胞的新陳代謝，改善皮膚營養，不但防止皮膚老化，皮膚的抗菌力也增加而變得年輕健康有彈性。

同理，由於皮膚毛細血管擴張，二氧化碳吸收到體內，血液中二氧化碳含量增加，會刺激大腦中樞，增強呼吸，催促肺部吸入更多氧氣，帶動全身的血液循環，使細胞延緩老化，對健康的助益不亞於適當的運動，所以小蘇打浴也可當作懶人運動。

另外小蘇打浴還可用於治療銀屑癬及腳掌角質化，是一種健康、美容、簡便的養生浴。

小蘇打浴

❶西藥房有售小蘇打粉，一斤約數十元，可用兩次。

❷放好浴湯，水溫在四十度左右，浴室保持通風。

❸將半斤小蘇打粉，溶入浴湯中，拌勻即可入浴。

❹浴罷用溫水沖淨身體，並塗抹保養乳液。

蘆薈浴

正確使用蘆薈美容養顏

蘆薈為多肉質草本，外形多刺似龍舌蘭，喜乾旱。適合生長在沙漠的蘆薈屬於百合科植物，而一般人以外型及生長習性判斷，常誤以為是仙人掌科。

有一陣子蘆薈被視為美容聖品，洗髮精、沐浴乳、潤膚乳……都以含蘆薈成分作號召。近年有報導說蘆薈有毒，因此而被打入冷宮。

蘆薈的葉片切開後，葉皮會流出一種黃色腥臭的液體，為蘆薈素和大黃素，如果直接塗在皮膚上會刺激皮膚，甚至起疹子。蘆薈也是一種輕瀉劑，吃多了會造成腹瀉，所以很多人會誤認為蘆薈有毒，其實少量而正確的使用蘆薈，對人體是有益無害的。

蘆薈外用有清潔、防腐、防菌、促進傷口癒合的功能，蘆薈黏液中含大量木質膠，可以滲透皮膚立刻被吸收，對於皮膚有雙向平衡的作用，使乾澀的皮膚滋潤，油性皮膚不油膩。

如何正確用蘆薈呢?第一要選葉片上沒有斑點、較成熟的蘆薈。

買回來切開後，把肉挖出來，先讓葉片上的黃色汁液

流盡，再用冷水略為沖洗，保留木質膠。這樣處理過的蘆薈可以拌沙拉、煮湯、敷臉，當然也可以拿三、五片來泡澡。常做蘆薈浴，可以使皮膚白嫩，等於擦了天然潤膚液，身上的斑點及疹子、脂肪瘤之類的小疙瘩也會漸漸消失。

蘆薈浴

❶蘆薈三片，每片約一呎長，選葉片上無白點者。
❷將蘆薈皮削去，黃色汁液用清水沖洗乾淨。
❸切成一吋小片，放入浴盆中，放適量適溫水。
❹入浴泡澡，約三十分鐘。
❺浴罷擦乾身體，不必再沖清水。

注：桃花嬌面對皮膚也有雙向平衡的作用，讓皮膚油的不油，乾的乾。

減肥浴

最簡單、無副作用的減肥法

減肥是一項非常艱鉅浩大的工程，除了要有正確的方法，還要持之以恆，我自己就蒐集了數十種減肥法，雖然有效，卻無耐心完成。大部分原因是心裡因素，有些東西像蘋果、小黃瓜、優酪乳，本來都很喜歡吃，為了減肥而吃，心理上就抗拒不想吃了。後來乾脆放棄，胖不胖沒關係，健康就好。

最常聽說的減肥法是節食，其實節食減肥最傷身體。每個人每天攝取及消耗的熱量有一定的慣性比例，剛開始節食會瘦下去，兩個月後身體已適應現在的飲食狀況，要再減量才會再瘦，稍吃多一點立刻胖回來。胖胖瘦瘦，搞壞了腸胃，也造成內分泌紊亂，這樣不但沒瘦，反而失了健康。

我常想，最好的減肥法就是想吃什麼就吃什麼（當然要注意別吃得太油膩），想動就動，不想運動也沒關係，然後就自然瘦下去。每次這樣說，大家都忍不住問，可能嗎？

也許從沒人想到，泡澡也可以減肥。我找到一個泡澡減肥方，不會有害健康，也沒副作用，皮膚還能變得細白粉嫩，唯一的缺點就是太慢，一個月只瘦一兩公

斤，有些人減肥心急得不得了，一天量好幾次體重，對這個方法可能會失掉耐心，但是的確有人一年下來瘦了十五公斤，也不錯。你要不要試試呢？

減肥浴

❶冬瓜皮一斤，茯苓半斤、木瓜三兩在清水中煮滾。

❷倒入浴缸中，加適溫適量水。

❸約泡半小時，浴罷毋需沖淨身體，直接擦乾即可。

注：冬瓜、茯苓皆有美白作用，常常吃皮膚會變白。

佛手柑浴

遍體生香久久不散

佛手柑和佛手瓜常被人弄混，佛手柑為芸香料（或稱橘科）小喬木，佛手瓜為葫蘆攀藤植物，學名隼人瓜。平常菜市場常見的為佛手瓜，買回來可以煮湯、炒肉絲。

佛手柑學名香櫞，根、葉、果均可入藥。尤其果實的味道非常香，能鎮定神經、鬆弛緊張焦慮的心情。早年在鄉下的菜園、田埂、荒地上都有生長，是一種很普遍的民間藥，近幾年因為佛手柑精油受到時髦人仕的喜愛而身價百倍。

每年春初，菜市場水果攤上偶爾會有新鮮的佛手柑果實販賣，一斤貴到四百元之譜。

和所有的橘科果實一樣，佛手柑表皮有一粒粒突起的油囊，裡面貯存大量的香精油，而佛手柑的香味溫和而清香，不若橘子皮、柚子皮刺激，聞到就覺得很舒服。

每年春天我買佛手柑回來做蜜餞，會選一顆較生較綠的放在屋子裡，立刻滿室生香，放了三、四個月，即使變黃後陰乾呈褐色，體積只剩三分之一時，仍然很香。那時候我才捨得把那粒乾佛手在水裡煮過後泡澡用。

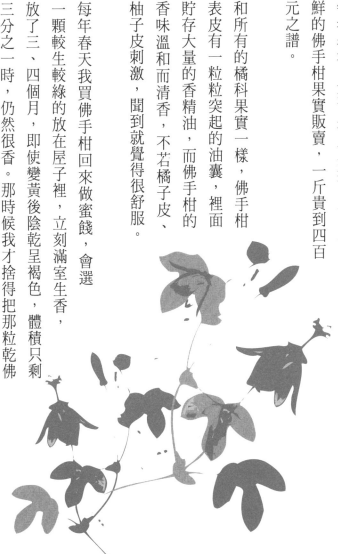

佛手柑泡澡不但可以滋潤皮膚，抗菌，治療粉刺、濕疹、皮膚炎等常見的皮膚性細菌感染，它的香味能消除疲勞、鬆弛緊繃的情緒，沐浴後遍體生香，即使到第二天，皮膚、衣服上都還有令人愉悅的香味，久久不散。

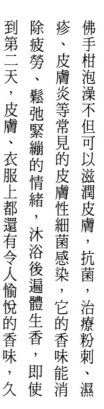

佛手柑浴

❶佛手柑一個，切片後在清水中煮滾。

❷倒入浴盆，再放適溫適量的水。

❸可泡澡半小時以上，浴罷不必再用清水沖乾淨身體，讓香味一直留身上。

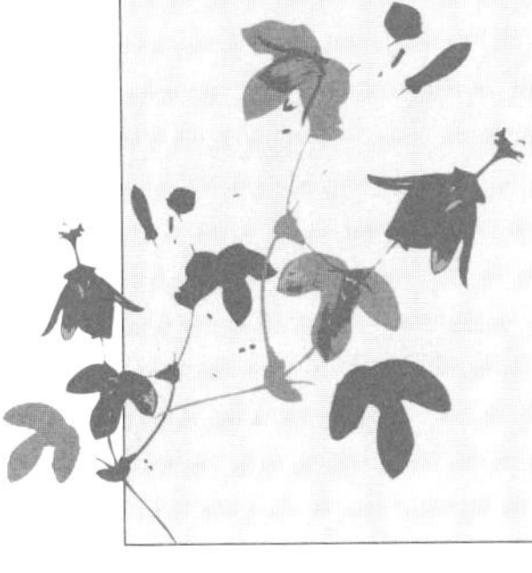

除濕祛風浴

治療坐骨神經痛、神經炎

無論SPA也好、森林浴也好，甚至最普遍的日光浴、海水浴，其實都是我們老祖先發明的，早在漢朝就有森林浴，更早的《黃帝內經》即有利用太陽的紫外線治病，後來在熱水中加藥材，做成藥浴，主要是治療風痺及皮膚疹。而現在藥浴SPA都以美容養顏為主，反而忽略了風濕病、關節炎、痛風等以藥浴治療最有效的病痛。

上了年紀難免這裡痠那裡痛，有風濕、關節炎等毛病，年輕人難道就一點問題都沒有嗎?以台灣這種海島型氣候，加上中國人的飲食習慣，體內沒有一點濕氣或不曾受過風的人，我相信是極少數。

俗話說四十腰五十肩，並不是到了四十歲才腰痛，五十歲才肩痛、手舉不起來，這些毛病已經在體內潛伏了若干年，只是沒有嚴重到影響日常生活的行動。就像體內環保一樣，體內的濕氣，風邪要常常清除，這樣才能有效的防治機體老化，保持年輕活動力。

我因為懷孕時閃到腰，一直到現在十多年來，只要天氣一變會腰痠，太累的時候還會隱隱作痛，雖然有吃一些活血藥，但有時反而會上火。後來找到一個藥浴

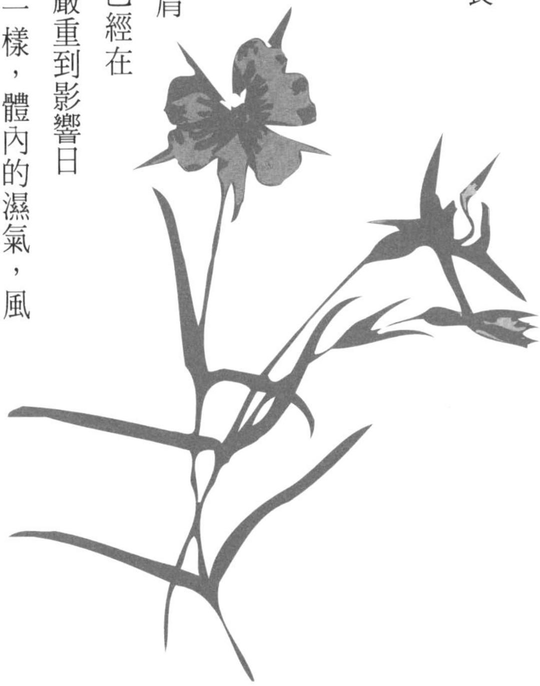

的方子，遇到潮濕的天氣就泡一次澡，身體已經慢慢保養好了。

這個配方有點麻煩，如果是久年痛疾，需要連續泡澡半個月以上；如果作為保養，一個月洗浴一兩次即可。

除濕祛風

❶ 當歸、制乳香、制沒藥各二十克，紅花三十克，川芎、牛膝、血竭、兒茶、烏梢蛇各六十克，蘇木、防風、羌活、川羌各一百克，雞血藤一百五十克，在清水中煮滾，可連渣倒入浴缸中。

❷ 適溫適量水泡澡二十分鐘。

❸ 浴罷清水洗淨身體擦乾。

玫瑰浴

開心催情

我在美國家的院子裡，有十幾棵玫瑰花，據前任屋主說，這些玫瑰已逾五十高齡，每年春末夏初開花一直到中秋，每一朵直經約有二十公分，非常漂亮。

有句俗話說「紅花不香，香花不紅」，只有牡丹又紅又香，所以牡丹花為百花之王。在我眼裡，玫瑰花無論香味、外形、藥用價值，比之牡丹花毫不遜色。

玫瑰花的香味，可以與任何花香調和，且會產生令人愉悅的氣味。有些香味混合會產生怪味，如麝香百合配茉莉，夜來香配野薑花，香味就很衝。玫瑰最受歡迎的功能就是催情，所以玫瑰象徵愛情，古代有很多女人都懂得利用玫瑰香來增加自己的魅力，最有名的就是埃及豔后和楊貴妃。

在藥用價值上，玫瑰能強肝、開心，當心情鬱悶時不妨泡杯玫瑰茶，聞到花香，心情就豁然開朗。另外玫瑰也可用於治療婦女月經過多、肝藏血，玫瑰能調經，主要是因為有強肝的功能。玫瑰花的果實稱為山櫨子，和仙楂幾乎長得一模一樣，還能壯陽滋陰，秋末冬初我就會採集玫瑰果來釀酒。

有人喜歡和情人一起泡玫瑰浴，我卻是在鬱悶時，把自己關在浴室泡個玫瑰澡，釐清思路，然後心情愉快的再出發。其實看到浮在水面的玫瑰花瓣，心情就好了一半，不信你試試。

玫瑰浴

❶泡茶用玫瑰花一大碗，或玫瑰鮮花五、六朵，只取花瓣。

❷放適量、適溫熱水，將玫瑰撒入浴湯中。

❸泡在玫瑰水中深呼吸，再慢慢調息，約半個小時。

注：如果玫瑰不夠多，可加幾滴玫瑰精油於浴湯中。桃花嬌面裡有大量玫瑰花的成分，可以吃出玫瑰般粉嫩的面容。

蘿蔔浴

治腳氣病　皮膚乾爽白皙

小女兒無華最愛吃蘿蔔，來美後第一個秋天，我煮了一鍋蘿蔔湯，她喝了一直說蘿蔔苦，也不知道是不是水土不服的關係，在我記憶中，很多東西到了美國就變得不好吃了。

後來想想：根莖類的都是冬天最好吃，因為植物準備春天發芽生長，養分都貯存在根部；夏天枝

葉茂盛，根的營養已漸漸掏空；秋天盛極而衰，正打算重新出發，所以秋天的蘿蔔在沒有貯存充足的養分下，空心而苦。為了除掉蘿蔔的苦味，我用清水先煮一道，把水倒掉，再拿蘿蔔來煮湯，這樣做蘿蔔湯就不苦了；但我又心疼營養流失，太浪費了。

記得以前在書上看過，蘿蔔泡澡可以治腳氣病。因為我一向吃糙米預防腳氣病，所以沒想過用蘿蔔泡澡來治腳氣病；但現代人喜歡吃精緻的白米飯，常得了腳氣病而不自覺。因為腳氣病只有在檢查身體時，以小鎚子敲膝蓋骨看會不會有直接的反射作用才能確知，平常不至於影響日常的生活和行動。

蘿蔔浴除了能治腳氣病外，因蘿蔔含脂肪油、生物鹼，洗後不但滋潤肌膚，對皮膚有漂白作用，還能抗菌、抗病毒。

秋天的蘿蔔雖苦，但秋天在季節變化時也是最容易受細菌、病毒感染而生病，吃蘿蔔時先煮一道水，把蘿蔔水用來泡澡，惜物惜福又養生美容，豈不是一舉數得。

蘿蔔浴

1. 白蘿蔔一斤以上，（多寡不拘，超過一斤亦可）。
2. 切滾刀塊在水中煮滾（可連葉子一起煮），撈出蘿蔔，放別的材料燉湯。
3. 將蘿蔔水倒入浴缸中，放適溫適量的水，泡澡約十五分鐘。
4. 浴罷不必再用清水沖洗，直接擦乾身體即可。

松葉浴

預防風濕　關節炎

松的枝、葉、根、花、果實都可入藥，無論內服外敷，藥效範圍極廣。一年四季有不同的激素，春有生長激素，夏有抗旱激素，秋有不凋零激素，冬有抗寒激素，四時記得常食一些松葉，攝取各種激素，促進健康，並防治高血壓、心臟病、心悸、氣喘、頭暈等病。

雖然松葉纖維粗澀，不怎麼好吃，常嚼卻有固齒的功效。日常用以養生駐顏，牙疼時能止痛止血，刀傷、燙傷急救時也可以塗抹松葉青汁，因為松葉有抑菌、消炎、降火、降壓的功效。

一般藥浴多以治療皮膚標病為主，或利用熱水把藥草的香氣及藥性釋出，藉由呼吸進入體內，達到消除疲勞、放鬆心情、促進睡眠等功能。

松葉浴在治療皮膚標病中的各種惡瘡、陰囊濕癢，及較嚴重的頭疼、跌傷、瘀青都有效。但也許是現代人生活品質提高，環境衛生較好，已很少有人患瘡癬類的皮膚病，松葉浴的療效也相對鮮少為人知。

松葉的香味能行氣化瘀、除濕避穢、通經路，松葉浴的效果也不限於皮膚標病，對於骨節因受風濕而痠痛、扭傷轉筋等筋骨的毛病亦有效。台灣屬海島型氣

候，春冬濕寒，夏秋濕熱，有時候一不小心就受了風，或因體內有濕氣而造成各種風痺疼痛，如果能常泡個松葉浴，即能預防風濕、關節炎，在日常生活中點點滴滴的累積健康。

松葉浴

❶松葉一斤，清水煮沸。

❷倒入浴盆中再放溫水。

❸待水溫適中即可入浴。

❹因松葉浴不刺激皮膚，泡澡的時間長短可自行決定，不過通常仍以半個小時為上限。

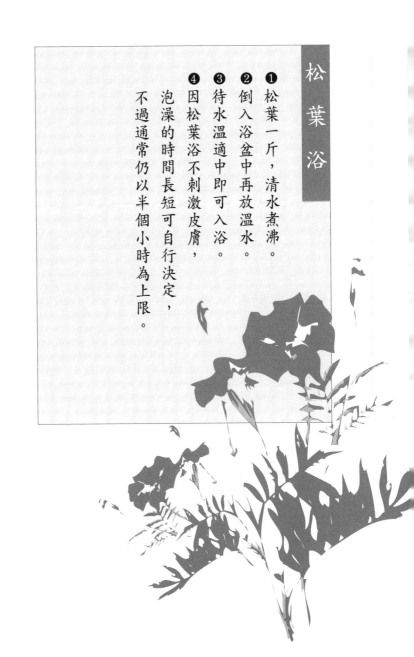

酒浴

治關節炎 美化肌膚

打坐是坐著不動，為什麼是運動？一動一靜一陰一陽就是運動。打坐表面是靜態，裡面氣血在跑，一動一靜所以是運動。做家事則是勞動，四肢在動，腦子放空，才是運動。

很早以前友人教過我一項比打坐還簡單的運動，用米酒泡澡。坐在浴缸裡調息，只泡下半身，上半身保持乾燥，弄濕了易著涼感冒。一冷一熱一陰一陽，是比打坐更簡單輕鬆的運動法。後來在一些養生書刊上看到有關酒浴的報導，才知道酒浴不限於只泡下半身，全身泡在溫熱的酒精巾，只消二十分鐘，立刻通體舒泰。

據說酒浴是日本人發明的，醫生建議病人用酒浴治失眠、關節炎、皮膚病及精神官能症。

天天做酒浴，兩三個月後，就會感覺到晚上睡得很安穩。酒精除了殺菌，少量飲酒亦能安定心神、促進血液循環，輕度失眠的人可在睡前喝三十西西左右的酒，就能好睡。做酒浴時，由熱氣吸入的酒精能安定心神，所以除了好睡，酒浴還能治療關節炎，皮膚變得細滑柔嫩而有彈性。

米酒很便宜，又方便，市售的米酒兩瓶就夠了，如果用米酒頭，因為酒精濃度較高，一瓶即可。酒浴的酒精濃度不能太高，否則吸入太多酒精也會醉。

酒浴

❶在浴缸中放好適量適溫的熱水。

❷把兩瓶米酒倒入後入浴，約可泡半個小時。

茶浴

美化肌膚

坪林貓空的茶浴和北投阿里山的溫泉，都是台北人觀光遊憩的好地方。

雖然在家裡可以買溫泉精來泡澡，但效果並不如親身去泡溫泉。茶浴則不同，自己在家裡做，用泡過茶渣來泡澡，經濟又方便。

茶在中國盛行了幾千年，醫

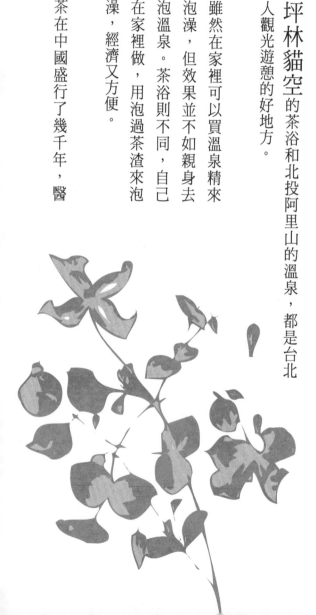

療效果很廣，用泡過茶的茶渣來做茶葉枕也很普遍。一般茶行、寢具店都有賣茶葉枕。茶葉的種類很多，平常喝茶，可以隨個人喜好選擇生茶、熟茶或半發酵茶，做茶葉枕也毋需特別講究用哪一種茶，而泡澡最好用生茶或半發酵茶。

茶葉中含單寧酸，發酵越少越生的茶，單寧酸含量越高。

平常我們泡茶時若喝較生的茶，只能泡一兩分鐘，否則時間久了，單寧酸釋出來，不但茶味變酸變澀，空腹喝生茶也會立刻感到不適，都是因為單寧酸的關係，如果是熟茶就好多了。但是泡澡要美化肌膚，使皮膚細嫩，生茶較好，也是因為單寧酸可以溶解角質及殺菌。

一般綠茶，泡了三泡就變得酸澀無香味，第四泡就可以用來做茶浴。先用沸水浸泡五到十分鐘，再倒入浴缸中，這時單寧酸已全部釋出，濃度適中，可以去角質而不傷肌膚，洗浴後神清氣爽，皮膚光滑柔細。

茶浴

❶綠茶一兩至一兩半，泡過三次後，第四泡放沸水中煮沸五至十分鐘。

❷將茶湯倒入浴缸中。

❸放足夠的溫水，水溫適中時入浴。

❹泡澡時間不要超過半小時。

❺浴罷擦乾身體後需塗乳液，因單寧酸會溶解皮膚油脂。

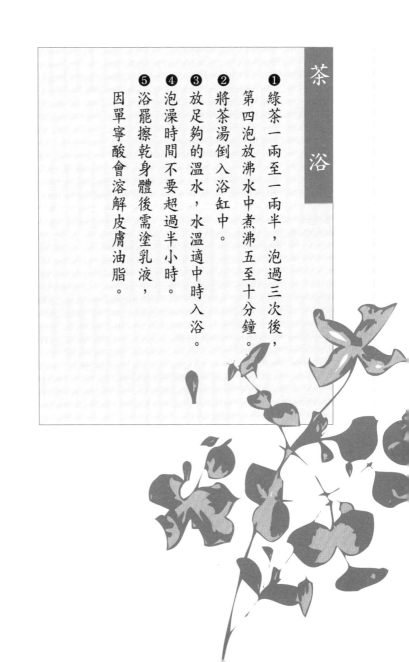

沙浴
治百病

物競天擇，適者生存，人或動物都要能適應環境才有機會生存，否則只有面臨淘汰的命運。

在沙漠地區，水資源極為珍貴，沙子卻遍地都是，於是在沙漠地區的民族發展出沙浴、沙床、沙枕、沙灶、沙窯等各種有關沙子的利用法。

沙浴的發明是偶然的機緣。最早是勞動者在工作流汗之後，把身體在沙堆裡揉擦翻滾，沙浴過後，就像洗過熱水澡，全身舒坦，清潔溜溜。

沙子的去污力強，能去除身體上的汗垢，也能清除皮膚表面的角質層，使皮膚細滑。後來發現沙浴也能治病，許多人在中午烈日過後，躺在沙灘上，讓別人把熱沙倒在身上，整個人埋在熱沙中，僅露出頭臉。

熱沙浴有舒筋活血、消除疲勞的功效，可治療感冒、風濕痛、神經痛、脊椎病等，但是對於有心臟病的人卻不適宜。

現在在吐魯番窪地即有沙浴場，並在沙中摻入治病的中藥材，每個人身旁放置飲水以適時補充水分，避免中暑或脫水現象，還聘有專業醫護人員在旁照顧，將

沙浴的效果完全發揮。

夏天到海灘玩水，可以做個簡單的沙浴，但要選擇正午過後太陽不太大的時候，否則烈日當頭，身體埋在熱沙中受不了的。

沙浴

❶躺在沙灘上，請別人把沙堆在身上，約一吋多厚，頭臉露出。

❷時間長短依個人身體適應度，一般以十分鐘為宜。

桉葉浴

調理機體狀況

人是一個完整的有機體，植物本身亦為一完整周天。

科學分析可以證明某種植物中的某個成分能治療機體的病痛，但治病是團隊作業，這些成分對治療機體病痛的功效，只是治病團隊的主力，植物中尚有其他成分未經科學分析出來，是治病團隊的助力。

這些重要因素雖無實證，卻不容忽略，從許多藥用植物治病歷史看來，很容易看到上述理論的軌跡，桉葉的使用即是很好的例證。

在青黴素沒有發明以前，澳洲地區的原始部落就懂得用桉葉治療丹毒，和一切化膿性的皮膚病。

桉葉外用除了抗菌祛風、防腐外，還有健胃的功能。桉葉的香味吸入體內，能使人心情輕鬆愉快，人在心情不好的時候胃口也差，桉葉的香味能健胃，主因源自於能使人心情放輕鬆，快樂起來。這項功能從成分分析中是無法證實的，但是由推理及經驗法則就不難體會出來。人生不如意十之八九，當心情邋到谷底時，不妨泡個桉葉藥浴。

桉葉藥浴不僅能使你改變心情，實質上還有許多治療的功效，如對痔瘡、膀胱炎、陰道搔癢等症；感冒時鼻孔吸入桉葉蒸氣，鼻塞立通，可治療鼻炎、祛痰止咳，因為桉葉強力的殺菌力可以充分發揮於黏膜的發炎部分。

泡個桉葉浴，皮膚乾淨了、頭痛好了、疲勞消除了，機體調整到最佳狀況，浴後又是一尾活龍。

桉葉浴

❶ 乾桉葉約半斤，生鮮一斤半至二斤。

❷ 先將桉葉放入鍋中用清水煮滾。

❸ 將煮沸的桉葉湯倒入浴缸中，再加水調整水溫。

❹ 養生泡十五分鐘即可，若欲治病可泡久一點。

魚腥草浴

治失眠、盜汗

魚腥草實在很臭，長在庭院裡，微風吹過飄來一陣死魚的腥臭味。而天地萬物相生相剋有它的定律，魚腥草的味道加上薄荷，就像青草茶，清涼中帶點微甜，真奇妙。

每年十月到了魚腥草採收的季節，我就到路邊、原野的陰濕地尋找它的蹤影。新鮮的魚腥草加

蒜頭拌炒，味道不太重，還可以忍受，可能是加熱後腥臭的精油成分揮發掉了。

魚腥草含甲基壬酮、蕺菜鹼、月桂油烯、癸醯乙醛和羊蠟酸等，這些揮發精油的成分雖是它臭味的來源，卻也是它的藥效。魚腥草有一個全方位功效的名稱叫「十藥」，表示它至少可以治十種以上的病；另一個學名稱作「矯毒」，它幾乎對所有的毒素都有抑制作用。魚腥草藥效廣，使用方法也很容易，吃、喝、塗、抹、做枕、沐浴，都可以自己選擇。

市售的草本養顏化妝品中，有一些標榜含有魚腥草成分，主要是魚腥草有使皮膚毛孔擴張的作用，讓其中所含的潤膚、殺菌成分經由表皮滲入真皮層，而達到潤膚與治療各種皮膚癬的作用。

皮膚粗糙並不見得是因為乾燥，空氣中的塵埃、細菌也會造成皮膚粗糙，甚至乾裂，例如腳底乾裂就是皮膚癬的一種。一般人都是把角質化的部位磨淨，再搽潤膚油，但這只是治標的方法，常常用魚腥草泡澡就會發現，不搽保養品皮膚也很細嫩，這才是治本的方法。

除了使皮膚細嫩，魚腥草還能清熱解毒，所以魚腥草泡澡，可治濕疹、蕁麻疹、香港腳等；或者因為白天太忙，晚上累得睡不著，反反覆覆想著白天的事，造成火氣大而失眠，也可以用魚腥草泡澡；或者身體虛弱、夜間盜汗，用魚腥草泡澡也有效。既然有十藥的美名，何不常常使用它，藉以防治各種生理上的小毛病。

魚腥草浴

❶魚腥草鮮品約一斤，配薄荷四兩。
（薄荷太多會刺激皮膚，如能忍受其臭，可不加薄荷。）

❷在密閉室內先放熱水，將魚腥草藥放入浴缸。

❸沐浴前先試水溫，以身體能忍受的程度為標準。

❹泡約十至十五分鐘即可。

❺洗淨擦乾後入睡。

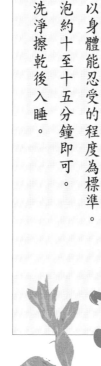

艾絨浴

溫暖虛寒體質

端午節除了吃粽子、划龍船、喝雄黃酒，把艾草、菖蒲掛在門口驅邪外，還有許多較鮮為人知的習俗。

除了喝雄黃酒（因為雄黃酒有毒，現在已經不喝了），還要喝屠蘇酒，取屠厲鬼蘇醒靈魂之意；詩人要喝夜合酒，另外最奇怪的是要吃鴞（貓頭鷹）肉和龜肉，這習俗是何時、為何而來已不可考，知道的人也不多。

雖然艾草是端午節的應景綴飾，卻是最不適合在端午節吃艾做成的食物或洗艾絨浴，因為艾是一種溫熱的藥草，有溫暖、除濕的特性。

許多氣血兩虛的人，到了冬天就手腳冰冷，甚至於屁股也冰冰的，俗稱這種體質為「寒底」。寒底的體質可以用曬乾的艾葉即艾絨來泡澡，也可以治療因虛寒引起的腰痛、肩硬，對於痔瘡也有療效。

台灣為海島型氣候，冬天濕寒，做個艾絨浴，利用艾的香氣通經絡，溫暖全身，祛除體內的濕氣，泡完澡立刻覺得全身的關節都通了，身體似乎也較輕盈了些，全身暖暖的，通體舒泰。

艾絨浴，可以用新鮮艾葉切細陰乾，抓一把放在袋子

裡，再放入浴盆，等浴湯顏色變成茶褐色即可。為了省事，可以到中藥房、國術館買灸用的艾條，一條就能泡一缸熱水。

艾絨浴

❶ 新鮮艾草半斤切細陰乾，或艾條一枝。

❷ 將艾絨放入棉布袋中投入浴缸內。

❸ 放適溫適量熱水，浴湯呈茶色即可入浴。

❹ 以三十分鐘為度，水冷了可隨時添加熱水。

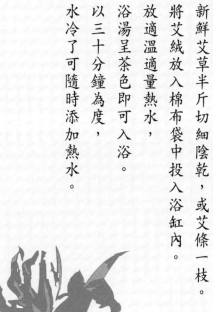

馬齒莧浴

治療蕁麻疹

馬齒莧又名長命菜，這個名字充分反映它的耐活力。記得小時候，路邊安全島上、水泥牆角最常見的野草，有五斤草、蒲公英和馬齒莧。不知何時五斤草不見了蹤影，蒲公英也變得很稀少，只有馬齒莧在乾旱、貧瘠、污染嚴重的土地上，堅韌的存活下來。

如果到各地去問一問有關馬齒莧的民間驗方，不難發現馬齒莧幾乎什麼病都可治。酸寒無毒，性味清涼能解諸毒，馬齒莧外敷治一切惡瘡腫毒，內服治糖尿病、風濕骨痛及腳氣浮腫。

蕁麻疹是一種很難治的皮膚病，最常發病於春末夏初或夏末秋初的黃昏。西醫歸類於過敏，卻無法知道何物為過敏原，花粉、魚、蝦和香菇都可能引發蕁麻疹，發病時全身起一塊塊的疙瘩，奇癢難耐。

馬齒莧可以搜風除濕，中醫認為蕁麻疹是體內的濕熱之氣受了風而引起，所以治療蕁麻疹除了要忌口，避免吃海鮮、香菇外，還要避風，尤其在黃昏時最忌吹風。

另外癢得難受時可以用馬齒莧煎湯洗澡，放稍微熱一點的水，將煮過的馬齒莧汁倒入，放鬆心情的泡一會兒，不消幾分鐘，身上的風疹塊就消失了，浴後擦

乾身體，只要不再受風就不會再癢，一星期沒發作即已治癒。

馬齒莧浴

❶馬齒莧鮮品兩斤，放入冷水中煮沸。

❷煮沸的水倒入浴缸中，放適量的水，水溫要涼一點（攝氏四十度以下），否則熱水溶解表皮脂肪，洗後還會癢。

❸身體泡入水中約十分鐘。

❹浴罷擦乾身體，注意勿再吹風。

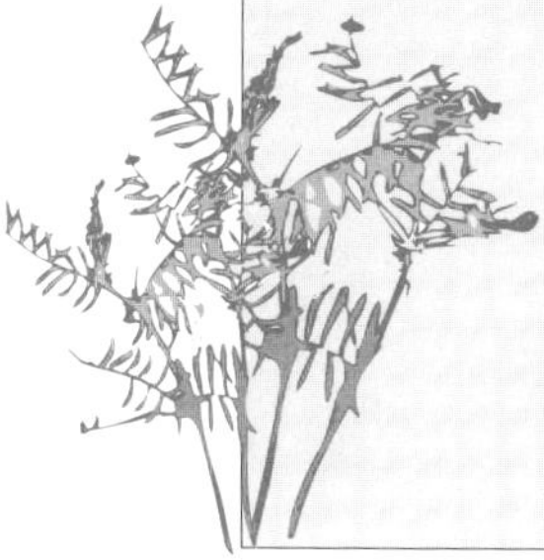

蠶砂浴

家中必備止癢藥

有一回，朋友們起鬨去一家吃到飽的日本料理店，據說超市一個生蠔賣七毛美金，那家店吃到飽只要十美金，吃十個生蠔再配點生魚片就回本了。何況現在外面吃一餐普通的菜，一個人也要七、八美金，相較之下這個價錢實在很誘人，就一同去大快朵頤。席間大家都吃得津津有味，我也吃得很開心，誰知回家後，到了半夜全身發癢，起了一塊一塊的風疹。我心裡很懊惱，三更半夜把老劉叫起來，要他到外面庭院去摘楓葉回來泡澡。老劉埋怨一分錢一分貨，店裡的海產不新鮮才會過敏，貪小便宜吃大虧。楓葉浴後癢

止了，第二天早上一吹風，打了個噴嚏，又一塊一塊的癢起來。

美國不像台灣，路邊隨便就有馬齒莧可摘，最後朋友介紹我去看個越南草藥郎中，他給了我一磅多米粒大小的黑藥丸，叫我拿回去煮水做藥浴。回來打開一看，原來是蠶屎，中醫稱做蠶砂。沐浴後風疹塊好了，三五天之內也不敢受風。

在大家的印象中，過敏、風疹等急病總喜歡挑半夜發作，其實並非只在睡覺時發作，而是精神鬆懈下來的時候。例如夏天在外面熱得汗流浹背，進屋吹幾分鐘冷氣，身上就癢了；或者冬天在外面冷颼颼的，進屋身體一暖和，身上就癢；還有些家庭主婦，一早忙著招呼先生上班、打點孩子上學，先生孩子一出門，好不容易喘口氣，身上就開始癢……。

台灣屬海島型氣候，一年四季都濕，身體裡有濕氣，一吹氣，身上就會癢，所以準備一些治療風疹塊的藥浴材料是必要的。我蒐集了幾種治風疹的藥浴，有馬齒莧、楓葉、蠶砂及樟樹枝，其中以蠶砂最方便，幾乎所有的中藥店都有，買個一兩斤放在家裡，以備不時之需。

蠶砂浴

❶蠶砂十兩或一斤。

❷放在清水中煮滾，然後倒入浴缸中。

❸放適量的水，溫度不要太高，攝氏四十度以下，泡澡時間不要超過半小時。

❹浴罷不必再用清水沖洗，直接擦乾身體，並盡量避免吹風。

注：如果每天早上吃一粒桃花嬌面，可預防皮膚癢。

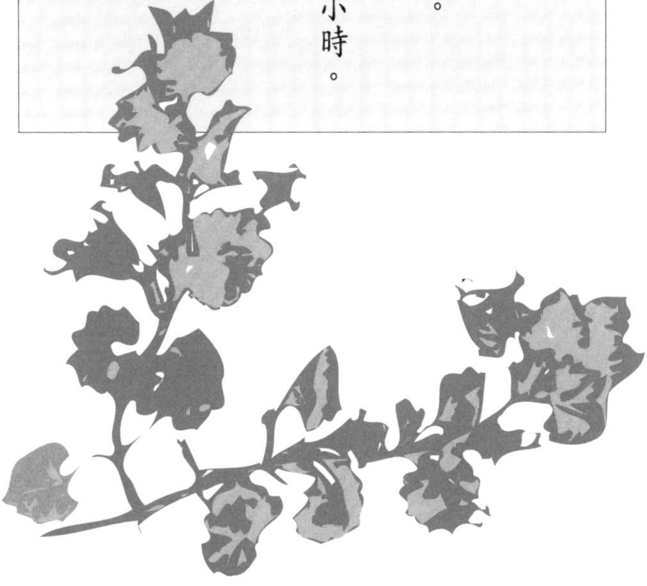

藥枕篇

DIY一個適合自己的枕頭

藥枕屬傳統醫學中的衣冠療法，和熨貼療法中的泡澡有許多材料是互通的。藥枕是利用有香味的植物行氣通竅、除穢化瘟，達到治病養生的目的，尤其是頭痛。脖子是人十二經絡和衡、任、督、帶各脈的交會處，利用頭和脖子的溫度，使枕中藥物的有效成分慢慢釋出，作用緩和持久，治療慢性病特別有效。但藥枕普遍的程度遠不及藥浴，也許是SPA流行帶動藥浴的風潮，也許是遠來和尚會念經的重洋輕土心態，也或許枕頭只是睡眠用具中的一個小配件，令人忽略了其重要性。

一般人在寢具店買枕頭時，很少認真挑選，許多人只是隨便買個好看能用的枕頭就好。如果有心在寢具店多看看，不難發現枕頭的種類也有十餘種，枕芯的材質、尺寸大小都有不同，最普遍的塑膠泡棉枕頭也有分整塊泡棉或碎泡棉；傳統常見的枕頭有木棉、茶葉、綠豆殼做的枕芯，標榜治病養生的有蕎麥、樟木、檜木等填充的枕芯。我們做衣服喜歡量身訂做，和別人不一樣，其實最該依自己體型量身訂做的，應該是枕頭，枕芯的材料則依自己體質需要。

古有「睡眠伴藥枕，聞香能治病」的說法，現代人常患的都市文明病，往往是由於枕頭不適合而引發的。人的頸部天生是略向前凸的，如果改變這個正常的狀況，就容易引發各種病痛，尤其長時間的睡眠，枕頭過高過低，常引起落枕、骨刺、頸椎病等。枕頭過高過低，改變了頸部正常的生理前凸，頸椎韌帶、肌肉都長時間處於緊張狀態，頸椎負擔過重，造成頸部及周圍軟組織過勞，壓迫、刺激到血管及神經，急性病即是落枕，慢性病則為骨刺、頸椎病。

睡眠是生命中所必需的，是促進生長發育、保障大腦健康、保持充沛精力的基本要件，枕頭不當會造成長期失眠或睡眠品質不良，頭昏腦脹、頸項痠僵、肩痛等各種病痛，更是日夜折磨著人體。

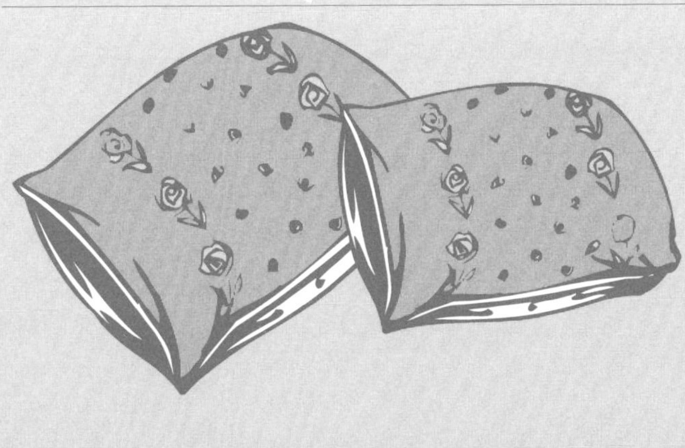

人的一生有三分之一的時間放在睡眠上，ＤＩＹ一個適合自己的枕頭，實在是很重要的。

藥枕製作通則：

一、縫製一個布袋，填充枕芯至八、九分滿。

二、高度為仰臥一個拳頭高，側臥一個半拳頭高。

三、使用時依個人體型調整高度，面積摺小一點較高，面積摺大一點較低。

四、一個月應把枕頭拿到太陽下曝曬一次，潮濕天氣可用烘乾機烘三十分鐘；如遇藥材發霉須換新枕。

五、使用久了，會有碎屑滲出枕外，要再填充枕芯，約半年添加一次。

六、有些藥性揮發快的，至少三個月要填一次新枕芯。

桉葉枕

解熱起陽　預防哮喘支氣管炎

桉樹即是路邊常見的尤加利樹，在我國古代醫書中並無有關桉樹的記載，一般中藥店或藥草店也很少販售，反而是美國有部分中藥店或藥草店有售。

桉樹原產於澳洲，引進中國僅數百年，只有在台灣、東南沿海及華南地區有栽培。我在台灣要用桉葉，時常以精油代替，或在春天到桉樹附近去守株待兔，等花匠來鋸樹時，從鋸下來的樹枝上摘採。

桉樹的有效成分即為桉葉油，有解熱、消炎、殺菌的功效，可以治療傷風感冒、支氣管炎、氣喘及肺病等，近年也有人用桉葉煮水當茶喝，治療糖尿病，據使用者表示，效果還不錯。

友人聽說桉葉油有起陽的功效，就在事前拿桉葉精油滴數滴於舌下，以代替威而剛。一般人都知道心臟病患者不宜服用威而剛，所以他認為桉葉精油較保險。問他效果如何，他沮喪的說：「桉葉的味道太重，我女朋友聞到連kiss都不肯，更別說辦事了。」我聽了哈哈大笑，開玩笑的建議他做桉葉枕頭，慢慢培養，他竟然真的去找桉葉做枕頭，後來再問他，居然洋洋得意的說效果好極了。

桉葉油是一種很強力的驅風殺菌劑，民間常用的驅風油就有桉葉油的成分，桉葉的殺菌力更勝過盤尼西林等抗生素，所以桉葉枕頭可以預防各種因病菌感染所引起的疾病。

桉葉枕的香味可以安神、健胃，胃腸不好的人最適用，且因其香味少量時能使人精神愉快，所以在睡眠中緩緩傳來的淡香，可以提高睡眠品質，早上起來有困頓全消的舒適感覺。

桉葉枕

❶乾桉葉約六斤。

❷不用壓碎，可整片塞入枕套中，但要塞緊一點。

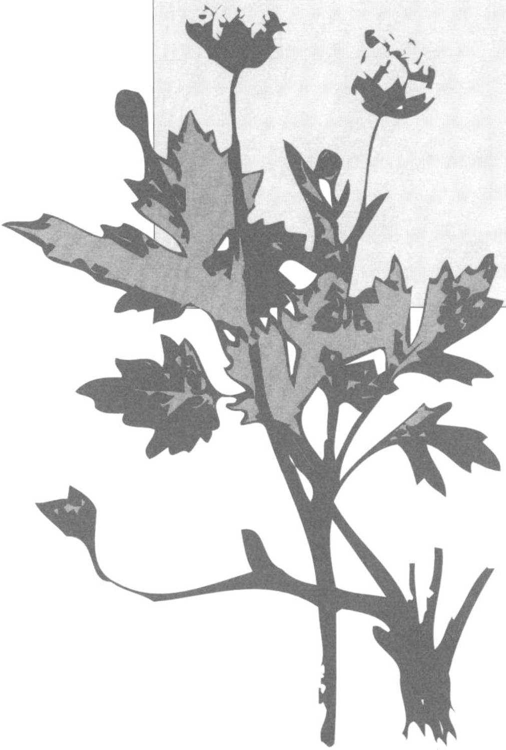

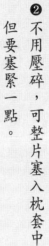

魚腥草枕

治頭風

每年十月仲秋，我就會感冒，而且在鼻翼上生些小膿包。中醫說是火氣，西醫說是濾過性病毒感染，因為年年如此，也沒太在意。誰知有一年膿包蔓延到整個鼻子裡裡外外，上唇也破了，樣子很嚇人，我都不敢出門，買個菜還要戴口罩。老劉帶我去看醫生，醫生說是葡萄球菌感染，不但開了藥，還要每天打點滴，至少打一

個星期。當時因為晚上鼻塞無法入睡，就在花檯上摘幾片魚腥草葉塞鼻孔，心想等天亮了再說。一夜還算安穩，早上起來發現部分膿包已結痂。老劉上班，小孩上學去了，我一個人賴在家中不想去醫院，再摘些魚腥草葉子塗在患部，兩三天後就痊癒了。

幾年後，突然發現，過了好幾個秋天，我的鼻翼上都沒有再生小膿包。偶然在書上看到，魚腥草塞鼻孔可以治鼻子不通、鼻蓄膿和慢性鼻炎，而且對感冒病毒、葡萄球菌都有抑制作用。回想當年，其實並非我運氣好，誤打誤撞，而是我讀書能觸類旁通。西醫講實證，中醫講辨證，雖然沒有實際經驗，許多事卻同理可證。

魚腥草是一種安全無副作用的民間藥草，夏天喝的青草茶就是魚腥草、薄荷、鬼針草、鳳尾草、龍吐珠等藥草組合而成。在五行夏天屬火，入心經，夏天就是要保養心臟，而魚腥草的莖葉都能強化毛細血管，預防動脈硬化和心絞痛，夏天喝青草茶，有保護心臟的作用，這就是老祖宗傳下來「醫食同源」的學問。

可食、可抹、可泡藥酒、做藥浴的魚腥草，也可以做藥枕，而魚腥草做藥枕的主要功效是治療頭風。我們在日常生活中稍一不慎，就很容易罹患頭風，如果身體狀況良好，可能不藥而癒，否則就會越來越嚴重，常常頭疼。最簡單的方法是用吹風機對著疼痛的地方吹，讓熱風把瘀血吹散。如果做一個魚腥草藥枕，保證每天起來都神清氣爽，因為頭風在睡眠中已慢慢治癒。

魚腥草浴

❶魚腥草約十至十二斤，薄荷半斤至一斤。

❷在太陽下把材料曬乾，用手掌壓碎。

❸充分混合後塞入枕套中。

樟木枕

治療皮膚過敏　改善失眠

無意間在購物頻道看到介紹樟木枕，樟木枕倒是很健身、環保的觀念。記得小時候，母親有一只樟木箱子，所有重要的東西她都放在裡面。樟木質地細密，具有耐腐、抗潮、除蟲、除蝨、除穢的效能，在殺蟲劑不普遍的時代，常用樟腦油防止蚊蟲咬傷，衣櫃裡也會撒些樟腦丸除蟲。

樟木及樟腦製品，成為生活中不可或缺的部分。

樟木枕頭能治療皮膚過敏和各種瘡癤，有止癢、除臭的功效。樟木的香味能促進後腦頸椎及中樞神經的血液循環，鬆弛經脈，調節、鎮靜自律神經，改善失眠、睡不安穩等毛病。因為樟木中含大量芬多精和伽羅木醇，對於睡覺起來仍覺得頭重腳輕、昏沉沉的人最適用。

樟木枕頭很耐用，不像其他材料會滲出細屑，隔一段時間要加料填充。一個樟木枕，用上三年五年仍然氣味清新，不變質。

樟木枕

❶到木材行買一塊樟木，用刨刀刨成極薄的木片。

❷將樟木片填入枕套中約八分滿，縫合。

止癢香枕

治搔癢　散發自然清香

每次洗澡，我總是喜歡用很熱的水，年輕時不覺得，近幾年洗完澡後沒多久就會皮膚搔癢。上了年紀，身體所有的細胞都開始老化，皮膚油脂分泌也隨之減少，所以會出現皺紋、乾裂等現象，若再伴隨著生理上其他機能的衰退，如消化不良、便祕、過敏或糖尿病等，反應在皮膚上更糟，四肢身體各部位，經常輪流發癢，又很難忍住不要抓它，越抓越癢，甚至抓破皮、化膿，苦不堪言。

一般秋冬季氣候乾燥，受到冷空氣刺激，很多人皮膚發癢，報章雜誌上都會有關這類病症的報導，皮膚科的病號也隨之增加。其實夏季潮濕也會觸發搔癢症，只有短短的春季，有點好日子過。如果去看西醫，就會開些抗組織胺的消炎藥，吃了有副作用，也不會斷根；若不看醫生，每天洗完澡一定要塗潤膚乳液、保濕露之類的保養品，才可以略微減少一些搔癢。

在衣冠療法中有一個香袋和香枕的方子，治搔癢的療效非常好，不用吃藥，做個枕頭睡三天，做兩個香袋貼身帶著，身體散發出自然清香，比香水還好用，無形之中再也不為搔癢症所苦了。

香枕

❶蛇床子、丁香、白芷各二兩，細辛、蒼朮、艾葉、香蒲、雄黃、硫黃各一兩，冰片五錢，請中藥店配好打成粗粉。

❷摻入木棉或碎泡棉枕頭中，約兩個月換一次。

香袋

❶依上述材料比例約十分之一量，請中藥店磨成細粉，縫入小布袋中，貼身帶著。

❷約一個月換一次。

注：早上空腹吃一粒桃花嬌面，不但皮膚嬌嫩，防止肌膚老化，身上也不會癢。

頸椎保健枕

預防頸椎病

常看到中老年人脖子上套了一個鐵架，復健醫院也常有人去吊脖子，都是因為頸椎出了問題，甚至長了骨刺。

一個人頭的重量約是體重的十分之一，卻僅以頸椎骨支撐，由此可知，我們的頸椎骨承受的負擔是非常重的，應該好好愛護它。如果不好好保養，因頭頸外傷、睡眠不當、枕頭不良、落枕或風寒、勞損而傷害到頸椎，輕則頭痛、頭暈、肩頸

痛，重則引起上肢麻木、癱瘓，甚至影響大小便及性能力。所以頸椎的保健和預防頸椎病，是中年以後必須注意的課題。

預防頸椎病，除了防止外傷、避免受風寒外，還應有良好的睡姿和適合的枕頭，平常伏案工作的時間也不可以太久，隔一兩小時要有適度的休息。如果頸椎出問題，除了照醫生指示服藥，復健運動也很重要，牽引、針灸、按摩、理療，都有助於頸椎恢復正常。

關於頸椎，日常保健的中藥草很多，市面上雖有針對預防頸椎病處方製成的藥枕，也可以自己用降火氣（消炎）、活血化瘀的藥草做枕芯，預防頸椎病。據我目前所知，下列的處方是常見而有效的頸椎保健藥枕。

頸椎保健枕

❶ 薑黃、白芷、川芎、菊花各五份，威靈仙、紅花各兩份，川草烏、透過草各三份。依上述比例製作適合自己身材體型的枕頭。

❷ 此藥枕可用三個月，每三個月要更換枕芯一次。

抗感冒藥枕

外邪入侵人體，分成衛、氣、營、血四個階段。衛分即是體表的防衛系統，打兩個噴嚏，好好休息，喝點熱水就沒事的；如果不注意走到氣分，就造成上呼吸道感染，開始流鼻水、鼻塞，吃點蔥薑、紅糖之類的解表發汗食物也很快好；走到營分表示入侵到消化系統，已經很嚴重了；若再往血分走，即會高燒、囈語、面色及嘴唇發紅，甚至神志不清。

我感冒不是不肯看醫生，而是在走到氣分之前一定要治好。如果到了營分、血分，即使看醫生吃藥病好

了，也不能確定是否完全斷根，如果潛伏在體內，就會經常感冒。

一般人都有這樣的經驗，夏天流了汗，吃冰、吹冷氣，也許打了個噴嚏，身體強壯的人，表面上毫無異狀，但長此以往，造成肺氣虛弱，加上工作忙碌，沒有睡好、吃好，元氣不足、衛氣不固，過了中年以後就會經常感冒，像這種情形很不容易察覺。有些人中年在為事業家庭打拚時經常感冒，到了老年身心較輕鬆時就好了，可是這種情形並不見得樂觀，很可能再過幾年就發現罹患了癌症。

預防感冒就像日常養生一樣，要時時刻刻注意，在生活中累積健康。

春天防風邪，夏天防暑邪，長夏防濕邪，秋天防燥邪，冬天防寒邪，一年五季在氣候交替時，最容易受到外邪入侵體內造成傷風感冒，家中準備一個防感冒藥枕，氣候變化時未雨綢繆拿出來睡一兩個星期，才能年年歲歲保平安。

抗感冒藥枕

❶ 黃者、白朮、防風、白芥子、細辛、桂枝、薄荷、麻黃、羌活、桔梗等量。

❷ 烘乾後，請中藥房打成粗粉，約如芝麻大小，填充枕內。

❸ 枕頭的體積依個人身材體型製作。

桑葉枕

治虛汗

風水師在房屋奠基時，往往會建議屋主，在某個角落埋些特別的東西，以增強地氣。日本人則認為在寺廟底下埋木炭，香火才會旺盛。關於桑樹也有一個傳說，在種桑樹時，樹根下要埋龜板，這樣桑樹才會高大茂盛，不生蛀蟲。桑園中有埋龜板的桑樹，則為園中之王。

《本草綱目》記載，桑樹整株都可以入藥，而且有神效，同類藥材中，桑的功能也最神奇。例如鳥吃了樹的果實，糞便落在樹上，生長出來的菌類稱作「寄

生」，松樹、楓樹、楊柳樹都有，藥用則以桑寄生最好；螳螂逢樹便產卵，稱之為「螵蛸」，也是以桑螵蛸最好。我曾經買到假的桑螵蛸，不肖商人把螳螂卵黏在桑樹上，魚目混珠。

桑樹雖好，在中國傳統的庭院裡卻不種桑，因為桑與喪同音，犯老人家的忌諱。

一般人對桑的印象停留在桑葉養蠶，每年春天，小學生養蠶時，常看到公園、路邊的桑樹，被摘得光禿禿的。近幾年養生風氣盛行，有「血管清道夫」美譽的桑椹紅了起來，菜市場、超市、生機飲食店，都有賣桑椹醬或桑椹酒。

身體虛弱的人容易冒虛汗，尤其是夜間盜汗，一覺醒來，衣服都濕透了，而衣服濕了又容易著涼，如此惡性循環，身體越來越虛。桑葉能涼血明目、潤燥除濕，還可以治療虛汗，最好是用帶有露水的桑葉，烘乾壓碎成粉末。在我四十八歲那年，因為接近更年期，脖子上常出汗，我就為自己做了一個桑葉枕，也許是桑葉明目，我覺得自己的老花眼不若同齡的朋友們嚴重。

桑葉枕

❶ 秋天早晨採到的桑葉最好。

❷ 放在室內陰乾，或用攝氏六十度的溫火焙乾。

❸ 用擀麵杖壓碎或手掌揉碎皆可，但注意不要太碎。

❹ 材料的多寡看枕套的大小自行決定。

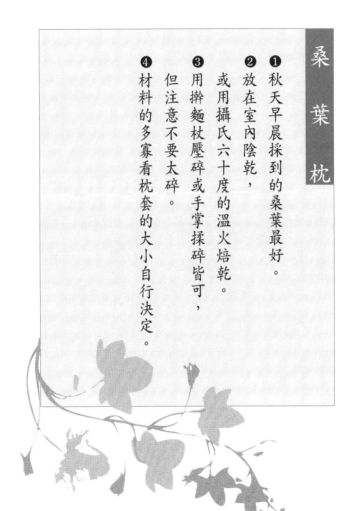

茉莉花枕

調節女人心理、生理　抗憂鬱

女人主血，男人主氣，心臟為血管的幫浦，女人的乳房通常也是左邊較右邊略大，心臟和乳房有著密切的關係，內傷七情——喜怒哀思悲恐驚，其中哀傷心，也就是心情抑鬱的人除了易得心臟病，罹患乳癌的比例也較高。

一般人認為女人較有韌性，耐力、抗壓力較強，但是抑鬱的情緒積在心中，容易造成月經失調，或引起生理期胃痛、背痛、經痛、腹瀉、便祕等病，這種現象最常見於初經及更年期婦女。

茉莉花的香味為精油之主，穩定情緒的功效為所有花香之冠，是一種有興奮作用的鎮靜劑，能抗憂鬱、增強自信及自我肯定，當一個人心灰意冷、無精打采，對周圍的事物漠不關心時，聞到茉莉花香能使人充滿信心，重新振奮起來。

由於茉莉花香味對於婦女生殖系統有微妙的作用，無論是產後憂鬱症、經期或更年期症候群，如經痛、背痛、便秘、經漏、經閉等現象都可以改善。

無論是心理影響生理，或生理影響心理，茉莉花枕頭對調理女人的心理、生理都有正面的作用。青春發育期的少女、更年期婦女、工作忙碌的女強人，都有必要做個茉莉花枕頭，安撫自己的身、心、靈。

茉莉花枕

❶現在有賣曬乾、泡茶用的茉莉花，買三斤回來填充至枕套內，適合自己的尺寸即可。

❷可使用半年，每個月要在太陽下曝曬一次，香味不足時可滴幾滴精油在枕上，延長使用年限。

佛手柑枕

止吐 安神 治療頭皮屑

每年佛手柑上市，我都會向水果攤預定一些來做蜜餞，除了好吃，還能預防感冒。尤其秋涼時，突然淋了雨或吹了冷風，頭暈想吐，這時候可以含幾片佛手柑或沖杯佛手柑茶舒氣、驅寒，就不會感冒。

近年我也做佛手柑枕頭。起因是我一個朋友開刀，一般麻藥醒來會嘔吐，於是我放兩粒佛手柑在她床頭，心神安定下來，止了吐，胃口也開了，排氣後就能進食，健康恢復得很快。佛手柑出產上市的季節很短，我就做一個佛手柑枕，以備不時之需。佛手柑的果肉、種子都已經退化，整粒果實只有瓤和果皮，全都可以利用，而且香味持久。

佛手柑買回來，先切片，然後用食物攪拌機打成粗粒，再放到太陽底下曬乾。雖然很費功夫，價格也不便宜，但我認為還是值得。佛手柑枕用兩三年都還有效，是藥枕裡效果最久的一種。

非常時期非用佛手柑枕不可，那平常用佛手柑枕又有什麼好處呢？因為佛手柑對於治療皮膚性的細菌感染非常有效，可以防止頭皮屑，表皮上油囊裡的香精油

還可以滋潤頭髮，使頭髮柔柔亮亮。頭髮是女人的第二張臉，為了美麗與健康，還會怕麻煩嗎？

佛手柑枕

❶ 佛手柑約二十斤，切成粗粒後在太陽下曝曬。曬的時候要翻一翻，才能曬勻。

❷ 曬乾後填入枕套內，如果分量不夠，可摻入切碎曬乾的橘皮，橘皮製作法與佛手柑相同。

❸ 用久了，香味較淡，可滴幾滴佛手柑精油，延長使用期限。

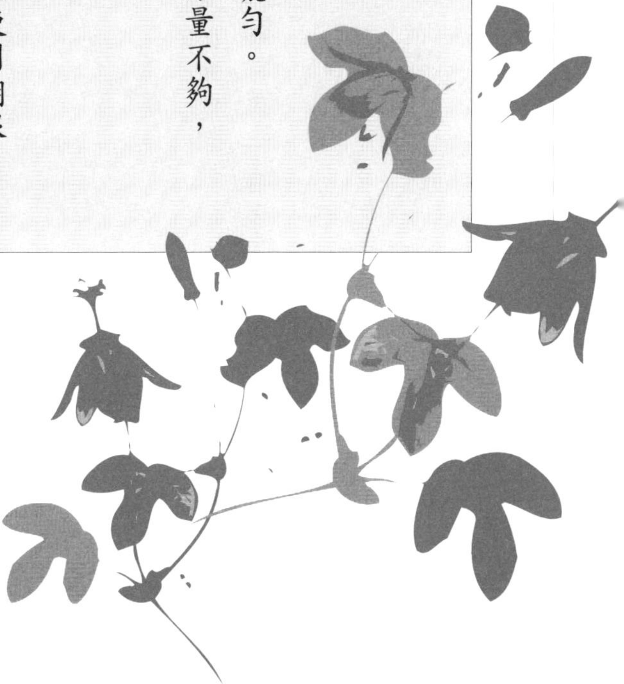

玫瑰枕

在睡眠中清除當天的鬱悶

俗話說人生不如意事十之八九，當你心情鬱悶時，會用什麼方法來排解？

很多人哭的時候喜歡趴在床上，把頭埋在枕頭裡，潛意識有一種又回到媽媽子宮裡的安全感。當一個人挫折、傷心無助時，自己一個人趴在床上大哭，比親人的擁抱更沒有負擔，而且可以盡情的宣洩。尤其女孩子，大概九成以上，都有枕頭哭濕了一大片的經驗。

玫瑰花的香味，使人心情開朗、愉快，精神舒暢，如果有個玫瑰枕，即使心情不好，還沒有到抱枕大哭的級數就已經化解了，根本不讓鬱悶的心情延續到第二天。

我一個人在台灣，常會牽掛老劉和孩子們在美國的生活，擔心他們的工作、學業、同事同學朋友間會有什麼挫折，或他們父女之間會有什麼衝突，所以就縫幾個玫瑰枕頭給他們，讓他們聞著淡淡的玫瑰花香，心情放輕鬆，把當天的挫折不如意丟開，怡然入睡。這個方法似乎很有效，每次回美團聚，大家都很開心，而不是因為媽媽不在、老婆不在，一見面就是滿腹苦水，發不完的牢騷。

玫瑰枕

❶可以買玫瑰花茶的玫瑰花，或將快凋謝的玫瑰倒掛晾乾。

❷枕頭大小隨自己體型而定，將玫瑰花塞至九分滿。玫瑰有刺，剪時要小心，剪至花蒂，葉梗都不要。

❸每個月曬一次，三個月換一次枕芯。

菊花薄荷枕

讓小孩更聰明

幾年前有一家大藥廠，廣告推銷益氣聰明湯，在火車站、捷運站等人潮匯集的地方贈送試用包。雖然當時大家都很好奇，踴躍索取，但事後益氣聰明湯卻毫無銷路，大家試用後也不知道自己變聰明沒有，事實上，短短幾天要變聰明恐怕也不容易。

雖然如此，可以肯定的是，吃可以使人變聰明，尤其是在發育中的嬰兒、孩童。例如懷孕及餵母奶時，媽媽要多吃小魚乾，因為小魚乾有鈣和磷，鈣長骨骼，磷長腦，這樣可以把小孩子養得頭好壯壯。

除了吃，香味也能使人變得聰明。發育中的小孩子，最喜歡的是薄荷和菊花的味道，這兩種香味混合能使小孩的思維清晰，反應靈活，動作靈敏，有助於頭腦的發育。

從懷孕的第一天起，就為妳和寶寶縫製一個菊花薄荷枕，從胎教中培養他的聰明才智。將來也可以為小寶寶做一個菊花薄荷枕，讓他贏在起跑點上。

不過菊花和薄荷都太涼，春天和冬天不宜用。懷孕會有胎火，春冬不忌，但是小孩可不行，過猶不及，望子成龍望女成鳳也不要心太切。

菊花薄荷枕

❶ 菊花和薄荷都可至中藥店買曬乾的藥材。

❷ 比例為菊花三、薄荷一，依個人體型製作，枕芯填充至八、九分滿。

❸ 枕芯約一個月換一次，因為菊花和薄荷的香味極易揮發，一個月後已無甚療效。

157 菊花薄荷枕

艾絨枕

消痔　治鼻塞

鼻塞過敏和痔瘡是同一病理，都是受了濕邪寒氣入侵，向上變成鼻塞、過敏性鼻炎，向下生成痔瘡，所以一般人不會同時罹患鼻塞和痔瘡。如果又是過敏性鼻炎，又有痔瘡，身體狀況就非常差了，不小心隨時會罹患致命的大病。我有個朋友的老公就是這種體質，後來因感冒而病故。

俗話說東北有三寶，人參、貂皮、烏拉草。在天寒地凍的東北，如果鞋子裡不塞一些烏拉草就會生凍瘡，因為烏拉草能溫暖助熱。艾草也是外敷助熱的植物，例如冬天屁股冰涼，用艾草做椅墊，立刻就能溫暖起來，比牛皮椅、羊皮椅更棒。除此之外，艾草的除濕力極強，可以稱作天然除濕機。傳說馬援在行軍時叫士兵用艾草在地面上燻燒，有水源的地方地面上就會冒出水珠，就像我們治療風濕，用艾草灸過的表皮也會冒汗。

艾草表面有許多細小的絨毛，晾乾切碎的艾草稱作艾絨。用艾絨做枕芯，跟木棉一樣柔軟，還有助熱除濕的功效。因為艾絨枕能使身體不受寒、不受濕，所延伸出來能防治的急性病如：感冒、傷風，慢性病如：過敏鼻塞、手腳冰冷、痔瘡等。做一個溫暖柔軟的艾絨枕，真箇可以高枕無憂的過冬。

艾絨枕

❶青草店買艾草回來，放在屋內陰乾，
不要在太陽下曝曬，
每天要翻一翻，保持通風。

❷陰乾後切細填入枕套，
尺寸大小以自己試用為度。

❸每個月用烘乾機烘一次，適時填充新枕芯。

注：因為艾絨枕用料很多，
所以買灸用的艾條太不划算。

五葉枕

解熱 治耳喉腫痛

發燒頭痛時，常會用冰枕來給病人降溫。但冰枕只是緊急時的權宜之策，治標不治本。古代沒有冰箱，遇到發燒的病人，就用五葉枕來解熱、散熱，能治標又能治本，效果比冰枕好多了。

現代物質文明雖然給人類帶來了方便，卻也埋伏了潛藏性病根。

五葉枕是用桑、竹、柳、荷、柿五種葉子組合而成。

桑葉明目解毒，竹葉清涼退火，荷葉清血涼血，柿葉清血抗菌，都是平常民間沖泡當茶喝的養生飲料。至於柳葉則有毒性，大量服用有致命的危險，但是在順勢療法中，柳葉可治發燒、牙痛及過敏性皮膚炎。

五葉枕有治療發燒及耳喉腫痛的功效，平常枕五葉枕可使耳清目明，頭腦清醒。在炎炎夏日的考季，為考生準備一個五葉枕，不但是媽媽的愛心，也能為聯考加分。

五葉枕

❶將桑、竹、柳、荷、柿葉曬乾，等量放入枕頭內套中，約八分滿縫合。

❷桑、竹、荷葉在中藥房有乾品出售，柿葉須預訂，柳葉則可到水邊摘取。

❸柳葉摘回來曬乾後再去莖，然後與其他四種葉子混合。

松葉枕

防治中風、高血壓

松自古以來即是長命百歲的象徵，祝人長壽喜用松柏長青，古云：「千年之松，下有茯苓，上有菟絲。」古人已知道松可以活千年以上。追求長生不老、得道成仙的道士們，也喜歡用松做法號，如：青松、赤松等。雖然到目前為止，科學無法分析松的有效成分，我們只能分析出松葉裡含葉綠素、樹脂、鐵、維他命A、C、K及多種無法分析的「長生不老」機能促進素。但在醫書上確定的是，松有除濕、除邪、下氣、安五臟、利心神的功效。

菟絲是一種寄生的攀藤植物，以寄生在松樹上的菟絲藥用效果最好，有強壯、強精、治婦人陰冷、男人陽痿的功能。

茯苓是地下松根結成的一種菌類，是一種神祕又神奇的藥材，道家修練時吃茯苓辟穀（不吃五穀雜糧），能增強視力，甚至能目視十里。更有書上記載，服用茯苓五萬日，輕身不老，百邪不侵，站立時可形體消失，在太陽下無影。這種說法太傳奇，幾乎是成了神仙，但仔細算算，五萬日是一百三十多年，即使不成仙，也夠長壽了。

松葉枕對中風、心臟及腦部都有好處，可以由五臟防

風邪（風邪包括中風、驚風及傷風），進而預防高血壓、心臟血管的一切病變。

松葉枕幾乎可以說是針對菸酒過量、多吃甘肥厚味的現代人所設計的，而且耐久，比起經常要填充枕芯的其他種類藥枕方便得多。若在松葉中摻少許琥珀或松脂，效果更好。

松葉枕

❶松葉約十五至十八公斤，松脂（或稱松香）半斤。

❷將松葉切成〇・五公分小段，在太陽下曬乾。

❸將松脂磨成粉（顆粒不要太小）。

❹將曬乾的松葉及松脂拌勻，填入枕套內。

❺因為松葉較硬，枕套可用厚一點的布料，或多套一層。

注：松葉枕可用很久，如覺得味道淡了，可在枕上滴數滴松木精油，以延長藥效。

藿香枕

消除疲勞　神清氣爽

藿香又名廣藿香，俗名倒手香，唇形花科多年生草木。葉片肥厚，生有細密的絨毛，保濕力強，耐旱，極易生長。藿香含豐富的廣藿香揮發油，香味特殊，類似芹菜和薄荷混合的味道。

朋友在家中屋頂上種滿了藿香，聽說用藿香餵賽鴿，能把鴿子養得很強壯。而他每天黃昏坐在屋頂花園中，享受著藿香的氣味，立刻覺得神清氣爽、精神百倍。我要了一些來栽種，發現這種植物的生命力極強，插在水裡、種在土裡都能活；另外還種了一些在廣口玻璃瓶裡，出國兩個月回來，瓶中的水已經乾了，藿香仍然開出紫色的小花朵。

藿香可以泡茶、泡澡，也可以做枕頭。藿香枕的功效和藿香浴大不相同，藿香浴是利用裡面所含的芬多精和廣藿香醇抗菌除穢，中暑或腹瀉感冒時，泡個藿香澡立刻藥到病除；而藿香枕則是慢慢調整機體，利用睡眠吸入其中的有效成分，消除疲勞，改善頭痛肩痠的現象。

忙碌的現代人，每天精神緊繃，又呼吸著污染的空氣，趁著睡眠時把肺部裡的髒空氣、污濁廢氣換出

來，早上起來一定覺得神清氣爽、精神百倍。尤其是在累過頭、睡不著而失眠的時候，枕著藿香枕，讓清新的香味幫你慢慢的放鬆心神，舒適的入眠。

藿香枕

❶生鮮藿香約十二至十五斤。

❷藿香用滾水燙一遍，再拿到太陽下曝曬。（如不汆燙一遍，藿香即使在太陽下也不易曬乾）

❸曬乾後即可填入枕套中。

足浴篇

泡個腳讓全身舒暢暖烘烘

腳和人的健康有密切關係，唐代名醫孫思邈就提出暖足的理論，認為腳受了寒會影響內臟，引起胃痛、腰腿痛、月經失調等症。醫學家把腳看成人的第二心臟，而足底的穴道反射區也涵蓋了整個機體，許多女人天氣一涼就手腳冰冷，這種現象多半是氣血兩虛造成的。很多人在冷天睡了一夜，早上起來腳還是冰的，晚上根本睡不好。這種情形已經很痛苦了，更別說少女時期就手腳冰冷，長期的氣虛、血虛，不但影響發育，月經時還會伴隨經痛，將來還可能造成不孕或習慣性流產的體質。

許多老年人，常常覺得足冷，老年人足冷再伴隨著暈眩頭昏的現象，八成是高血壓中風的前兆。統計顯示，中老年人中風多發生於春冬，冬天冷，血管收縮，血液循環更差，血壓升高，中風的危險也相對提高；而春天是風邪最易侵入人體的季節，風寒、風濕、驚風、中風，都最易在這段時間發生。涼從腳心起，手腳冰冷的問題實在輕忽不得，防止手腳冰冷的方法，最簡單的就是睡前用熱水泡腳二十分鐘左右。而在足浴的熱水中再添加一些藥草，還能治癒各種疾病，因為藥草直接作用於雙腳，可以補腎納氣、疏肝健脾、行氣活血，是一種良性刺激，能興奮末梢神經，使人感到身心輕鬆。

最簡單的足浴從熱水泡腳開始，還能治療香港腳、凍瘡、足癬等腳部的病痛。大部分足浴的材料和藥浴相同，只有部分對皮膚有刺激性的藥草不宜藥浴，恐引起皮膚較脆弱的部分過敏，才只限於足浴。

足浴基本原則：

一、水溫不可過熱，以使用人皮膚可以忍受的溫度為極限。如遇冷天，水變冷時可再添加熱水。

二、時間不可過長，把握在半小時之內。

三、水不必太多，只要浸到足踝部分即可。

四、洗足後用乾毛巾擦乾，不可喝冷水，不可吹風。

磁石菊花足浴

治嚴重失眠

很多人輕度的失眠，醫生總是建議喝杯熱牛奶，或是洗個熱水澡促進全身血液循環，有助於情緒放鬆，漸漸入眠。泡澡不方便時，單是把腳泡熱，也能達到安神助眠的效果，尤其是天冷的時候，簡單的用熱水泡腳，就能好好睡一覺。

嚴重的失眠，睡前可以用磁石、夜交藤、菊花、黃芩煮水浸足。磁石能安定心神，菊花助眠效果也很好，

夜交藤是常見的助眠藥草，黃芩能清火降血壓，這四項材料組合起來，煮水浸足，當然能夠助眠。如果失眠不嚴重，睡前一小時單喝一味菊花茶就能睡得比較好，只是菊花性涼，只能夏秋喝。

夜交藤即何首烏的莖葉，又名川七，不但活血行氣，治療失眠症，常吃還能使白髮變黑；雖然在山坡野地很輕易就能採到，在日本料理及生機飲食店，仍是昂貴的蔬菜。菊花除了治失眠，對於都市文明病、心血管疾病和眼睛都有很好的療效；黃芩瀉心火，在這個配方中屬於輔助的作用，一般失眠火氣大，常常是由於心事多，東想西想睡不著，都屬於心火，所以用黃芩瀉心火；磁石則是安眠、助眠的最好藥石，這樣的組合，可以治療嚴重失眠。

小腿肚上有一個穴道稱作三陰交，失眠時按摩三陰交也能安然入睡；而治療失眠的足浴，水位要至小腿一半才有效。放鬆心情看看書，睡前不要看驚險、刺激、武打、恐怖的電視節目，保持心情平靜，睡覺時保持安靜、涼爽，這樣連續泡三、五天，就能改善睡眠品質，漸漸治癒失眠症，比安眠藥、退黑激素等化學藥品有效，又無副作用。

磁石菊花足浴

❶黃芩、菊花各一兩，夜交藤鮮品四兩，磁石半斤。

❷在清水中煮沸，放涼至不燙時，將雙足浸於水中，約二十至三十分鐘。

❸磁石可重複使用，其他材料用過後丟棄。

治靜脈瘤足浴

預防血栓　治療靜脈瘤

靜脈瘤大概是最難看的一種病症，經常站著工作的人，是罹患靜脈瘤的高危險族群。另外有一種民間傳說，婦女在坐月子時吃了痲油雞火氣大，日後就會得靜脈瘤。血栓和靜脈瘤表面上看起來似乎沒什麼關連，統計卻顯示，有靜脈瘤的人患血栓的比例明顯偏高。血栓平常沒什麼感覺，卻是很危險的病症，不知何時腦血管不通就中風，心脈不通就致命。一般醫生建議，站久了要休息一會，最好把雙足墊高，或穿彈性絲襪來預防。

靜脈瘤能不能治癒？西醫認為，橡皮筋拉鬆了，彈性疲乏就無法回到原樣；中醫則認為橡皮筋沒有生命，而人體是有再生能力的，在中醫的理論中沒有治不好的病，只看醫生的醫術、經驗和有沒有真正能對症下藥的藥材。

我平常養生抱著「醫食同源，食養為先」的觀念，所用的材料大都以食物為主，因很多人被靜脈瘤所苦，才特別收錄了這個主要治靜脈瘤的泡足方子。它的作用在活血化瘀強心，而且要用木桶泡腳，開始時最好每天泡三次。配方中的紅花、附子，藥性強，屬於峻藥，對於孕婦及行經期的婦女都不適合。還有些人治病心切，巴不得立刻藥到病除，會自作主張加重分量，這些想法和行為都是要絕對避免的。

治靜脈瘤足浴

❶ 桃仁、蘇木、紅花、血竭、乳香、沒藥各十克，川牛膝、附子各十五克，桂枝、甘草各二十克，水蛭、地龍各三十克。

❷ 上述材料用三公升水煮滾。

❸ 水滾後濾出藥渣，放涼至腳可以忍受的溫度後浸足。

❹ 浸泡時間約二十分鐘。

王莉民監製
1 陸西堂加味大乃寶
2 桃花嬌面
3 輕燕寶
桃花嬌面
加味
大乃寶
JANIBAL
輕燕寶
SLIM
每盒定價2180元
憑截角購買上述任一產品，可折價380元
意洽：陸西堂企業有限公司
電話：（02）2561-2529
傳真：（02）2561-2770
地址：台北市長安東路二段52號7樓
陸西堂
折價券380元

INK PUBLISHING

印刻

深耕文學與生活

劃撥帳號：19000691　成陽出版股份有限公司　掛號另加20元
本書目所列定價如與版權頁有異，以各書版權頁定價為準

世界文學

1.	羅亭	屠格涅夫著	69元
2.	悲慘世界	雨果著	69元
3.	野性的呼喚	傑克・倫敦著	69元
4.	地下室手記	杜斯妥也夫斯基著	69元
5.	少年維特的煩惱	歌德著	69元
6.	黑暗之心	康拉德著	69元

POINT

1.	海洋遊俠──台灣尾的鯨豚	廖鴻基著	240元
2.	追巴黎的女人	蔡淑玲著	200元
3.	52個星期天	黃明堅著	220元
4.	娶太太，還是韓國人為好！？	日・篠原　令著／李芳譯	200元
5.	向某些自己道別	陳樂融著	220元
6.	從麻將桌到柏克萊	王莉民、劉無雙合著	200元
7.	星雲與你談心	星雲口述／鄭羽書筆記	220元
8.	漂島	廖鴻基著	240元
9.	那多三國事件簿之桃園三結義	那　多著	180元
10.	那多三國事件簿之曹操登場	那　多著	180元

幸福世界

1.	蜜蜜甜心派──幸福的好滋味	韓・李美愛文／曲慧敏譯	260元
2.	蜜蜜甜心派2──幸福的好滋味	朴仁植策畫／曲慧敏譯	260元
3.	蜜蜜甜心派3──幸福的好滋味	朴仁植策畫／曲慧敏、黃蘭琇譯	260元

Smart

1.	一男一男	孫　哲著	160元
2.	只愛陌生人	陳　雪著	199元
3.	心的二分之一	曾　煒著	249元
4.	無性別界面	Arni 著	160元
5.	空城	菊開那夜著	200元
6.	這樣愛	楊南倩著	220元
7.	菌類愛情	孫　哲著	160元

冠軍

1.	求職總冠軍	潘恆旭著	200元
2.	肥豬變帥哥	阿　尼著	180元
3.	春去春又回──楊佩佩的戲劇人生	林美璱著	200元
4.	打電動玩英文	朱學恆著	199元

People

1.	總裁業務員	黃志明著	260元

Canon

1.	李登輝執政告白實錄	鄒景雯採訪記錄	399元
2.	浮出──尹清楓案為何剪不斷理還亂	涂鄭春菊著	260元
3.	搶救國庫──你應該知道政府怎麼用錢	張啓楷著	300元
4.	教改錯在哪裡？──我的陽謀	黃光國著	200元
5.	六十七個笑聲	王世勛著	230元
6.	公僕報告	向陽、呂東熹、黃旭初著	220元

Magic

1.	美食大國民（1）	八大電視台「美食大國民」製作群策畫	199元
2.	美食大國民（2）	八大電視台「美食大國民」製作群策畫	199元
3.	美食大國民（3）	八大電視台「美食大國民」製作群策畫	199元
4.	喝自己釀的酒（水果酒）	王莉民著	180元
5.	喝自己釀的酒（糧酒、養生酒、年節酒）	王莉民著	180元
6.	喝自己釀的酒（壯陽酒、美容香花酒）	王莉民著	180元

INK PUBLISHING
MAGIC 7

浴身——藥浴藥枕DIY

作　　者	王莉民
總 編 輯	初安民
責任編輯	陳思妤
美術編輯	許秋山
內頁設計	Alan
校　　對	呂佳真　陳思妤
發 行 人	張書銘
出　　版	INK印刻出版有限公司 台北縣中和市中正路800號13樓之3 電話：02-22281626 傳真：02-22281598 e-mail:ink.book@msa.hinet.net
法律顧問	漢全國際法律事務所 林春金律師
總 經 銷	成陽出版股份有限公司 訂購電話：03-3589000 訂購傳真：03-3581688 http://www.sudu.cc
郵政劃撥	19000691 成陽出版股份有限公司
印　　刷	海王印刷事業股份有限公司
出版日期	2004 年5月 初版

ISBN 986-7810-86-4

定價　220元

國家圖書館出版品預行編目資料

浴身——藥浴藥枕DIY／王莉民著.
--初版，--臺北縣中和市：INK印刻，
2004〔民93〕面；　公分

ISBN 986-7810-86-4（平裝）
1.沐浴 2.藥材 3.健康法

411.14　　93003281

K INK INK INK INK INK INK IN
INK INK INK INK INK INK INK
K INK INK INK INK INK INK IN
INK INK INK INK INK INK INK
K INK INK INK INK INK INK IN
INK INK INK INK INK INK INK
K INK INK INK INK INK INK IN
INK INK INK INK INK INK INK
K INK INK INK INK INK INK IN
INK INK INK INK INK INK INK
K INK INK INK INK INK INK IN
INK INK INK INK INK INK INK
K INK INK INK INK INK INK IN
INK INK INK INK INK INK INK
K INK INK INK INK INK INK IN
INK INK INK INK INK INK INK
K INK INK INK INK INK INK IN
INK INK INK INK INK INK INK
K INK INK INK INK INK INK IN
INK INK INK INK INK INK INK
K INK INK INK INK INK INK IN
INK INK INK INK INK INK INK
K INK INK INK INK INK INK IN
INK INK INK INK INK INK INK
K INK INK INK INK INK INK IN
INK INK INK INK INK INK INK
K INK INK INK INK INK INK IN